Drôles d'oiseaux

**Littératures**

Collection dirigée par Henry Dougier

Des lectures, des récits qui traversent la vie, éclairent sur l'autre et sur nous-mêmes, en jouant, par drames et destins interposés, leur grande fonction de fabulation et de tendresse.
Que serions-nous sans ce cercle intime de personnages complices, sans ces histoires qu'on lit et relit d'une lecture affective, un peu somnambule ?

LAURIE COLWIN

# Drôles d'oiseaux

## Huit histoires d'amour

Traduit de l'anglais (américain)
par Michèle Lévy-Bram

Éditions Autrement **Littératures**

## Drôles d'oiseaux

*Rien n'est plus facile que d'apprivoiser un animal, et presque rien n'est plus difficile que d'obtenir qu'il se reproduise librement en captivité, même dans les cas où le mâle et la femelle s'accouplent.*
Charles Darwin, *L'Origine des espèces*

Sur le toit du Museum américain d'histoire naturelle, il y avait une serre fermée au public, avec tourelles et courtines. On pouvait ouvrir les tabatières à l'aide d'une perche de cuivre ; une vitre sur trois était montée sur charnières. Au milieu de la matinée, et parfois l'après-midi, Roddy Phelps montait l'escalier en spirale conduisant à la serre pour faire un petit somme dans la salle des fringillidés. Il se sentait constamment frileux. On était à la mi-mars, un mois pré-printanier souvent froid, mais il ne semblait y avoir aucun rapport de cause à effet entre l'état de Roddy et le temps qu'il faisait. Néanmoins, quelle que fût la température extérieure, la serre était toujours d'une tiédeur tropicale. Les cages à oiseaux étaient disposées sur des rangées de tables en pin dont l'une, située près de la fenêtre dans la rangée la plus éloignée, était vide ; Roddy s'y étendait pour dormir. Il avait planqué sous une étagère un oreiller de voiture dissimulé dans un sac en papier.

La serre était remplie de fougères, de palmiers et de bruyères en pots. Du lierre dégringolait, planté dans des paniers pleins de mousse accrochés aux traverses. Chaque pièce était réservée à une espèce différente d'oiseau. En glissant dans le sommeil, Roddy se sentait apaisé par les bruits minuscules et complètement imprévisibles qu'ils faisaient - pépiements, claquements de bec et piaulements. Un plaisant fouillis auditif, pensait-il. De temps à autre, il apportait un transistor et il écoutait les oiseaux faire contrepoint à Mozart.

Garlin, la femme de Roddy, l'avait quitté l'année précédente. Elle avait pris leur fille, Sarah Justina, et s'était retirée à la campagne. À Thanksgiving, au nouvel an et à Pâques, Roddy allait en voiture à Templeton, dans le New Hampshire, chercher sa fille qui y passait ses vacances, plus une partie de celles d'été à Westchester, avec les parents de Roddy. Le reste du temps, c'était le silence entre New York et Templeton, sauf si Roddy et Garlin devaient échanger des informations concernant l'état de la procédure de divorce, la pension alimentaire et celle pour l'enfant. Ces occurrences entraînaient de longues conversations avec les avocats des deux bords, et des appels aussi fatigants qu'onéreux entre New York et le New Hampshire.

La dernière semaine de mars, il y eut une courte période de chaleur lors de laquelle les frissons de Roddy s'accentuèrent. L'humidité s'était installée dans ses os, indélogeable. Il commençait aussi à penser qu'il souffrait de fatigue oculaire et passait des jours entiers désorienté, pris de vertiges, avec une vision floue, comme s'il avait la gueule de bois. Les siestes dans la serre étaient parfois bénéfiques, mais, souvent, elles aggravaient les difficultés qu'il avait à accommoder ; quand il se levait en titubant de sa table, la pièce devenait noire, puis jaune, puis d'un gris métallique qui lui blessait les yeux.

Après le départ de Garlin, Roddy s'était lancé dans un sprint intellectuel qui lui avait fait pondre deux articles scientifiques sur le comportement social des fringillidés en cage - l'un pour *Scientific American*, et l'autre pour *American Birds*. Les épreuves des deux articles, non corrigées, traînaient depuis plusieurs mois sur son bureau. Il était ensuite passé aux habitudes de procréation et de nidification du bouvreuil africain en captivité. Il étudiait cet aspect du passereau depuis décembre, mais il avait des problèmes car les oiseaux ne voulaient pas se reproduire dans leurs vastes cages victoriennes, pas plus qu'ils ne semblaient s'intéresser à la construction de nids malgré les herbes de la pampa, les bouts de ficelle et les feuilles de trèfles qu'il leur avait apportés.

Roddy avait un bureau de coin au sixième étage du Museum qui abritait le département du comportement animal. Il y gardait deux couples de passereaux, les pinsons Aggie et Bert, Gem et Russel - des animaux de compagnie, non du matériel expérimental -, laissés par un collègue parti pour les Galápagos. En arrivant le matin, Roddy les faisait sortir de leur cage et, le soir, il passait une heure à les y remettre.

Il avait la jouissance exclusive de la salle des passereaux. Le gardien de la serre, José Jacinto Flores, était chargé de nettoyer les cages et de nourrir les oiseaux, mais, par décret amical, Roddy le faisait lui-même. José Jacinto s'était approprié une pièce dans le fond, où il avait un aquarium avec des poissons tropicaux et un couple de perruches inséparables qui roucoulaient amoureusement. C'était un homme noueux, maigre et courtaud, couleur de merisier, et Roddy le surprenait souvent en train de fumer un cigarillo devant la fenêtre ouverte tout en parlant doucement en espagnol à ses oiseaux.

La table où Roddy faisait la sieste était la dernière d'une rangée de quatre. Elle était abritée des regards par des cages, ainsi que par des palmiers et des bruyères en pots à travers lesquels il ne pouvait rien voir ; en conséquence, il se croyait lui-même invisible.

Le dernier mardi de mars, Roddy quitta son bureau et monta à la serre. Il avait mal dormi la nuit précédente, se tournant et se retournant dans son lit en ruminant ses expériences, pour glisser dans un sommeil bref et peu réparateur. Quelques minutes auparavant, quand il était encore dans son bureau, Garlin lui avait téléphoné pour lui dire que Sarah Justina avait une bronchite.

- Tu m'appelles juste pour me dire ça ? lui demanda Roddy.

Garlin ne l'appelait jamais quand leur fille était malade.

- Une bronchite, c'est plus qu'un simple rhume, dit Garlin.

- Et qu'est-ce que je suis censé faire ? Venir à Templeton ?

- Je pensais que ça t'intéresserait de savoir qu'elle était malade ; au fait, ton avocat a-t-il appelé le mien au sujet des ultimes documents de divorce ?

- Il faut que je vérifie, dit Roddy.

- C'est tout toi.

- Ce qui veut dire ?

- Que tu aurais dû vérifier voilà déjà un mois. Tu n'as aucune idée de ce qui est sérieux et de ce qui ne l'est pas. Ton mariage est en pleine débandade et tu n'as même pas appelé ton avocat.

- J'ai travaillé très dur, Garlin. Je pense que tout cela est déjà assez déplaisant pour que tu t'abstiennes de ce type de commentaires.

- Voilà pourquoi ton mariage est en pleine débandade, lui lança Garlin en raccrochant.

Les pinsons, perchés sur la tringle à rideaux, le regardaient, la tête penchée sur le côté, d'un air interrogateur. Aggie, sa favorite, descendit se poser sur son dictionnaire. Roddy, qui se sentait flapi et aussi décrépit qu'une statue battue par les intempéries, l'observa un moment. Puis il monta à la serre. Une fois dans la salle des colombes, il remarqua qu'il pleuvait. Le ciel était argenté et des gouttes de pluie frappaient obliquement les vitres. Désespérément désireux de faire sa sieste, il se dirigeait vers la salle des fringillidés quand il vit une fille debout devant une des cages. Elle avait quelques grains de millet au bout des doigts et attendait patiemment qu'un des oiseaux vienne les lui prendre.

- Que faites-vous ici ? lui demanda Roddy.

La fille, sans bouger sa main, se retourna et le regarda. Elle était petite, vêtue d'une blouse grise de laboratoire, et ses cheveux blond cendré étaient attachés lâches sur sa nuque. Son visage ovale était symétrique, et ses yeux, d'un gris profond, presque sans couleur. Sous la blouse de labo, elle portait une jupe grise, un pull et des mi-bas de laine marron.

- Je suis désolée, dit-elle. Ce sont vos oiseaux ?

- Oui. Je voudrais savoir ce que vous faites ici.

- Je suis sincèrement désolée. Je travaille au cinquième étage, avec le docteur Reddicker ; on trace des diagrammes à partir de chants d'oiseaux. Jusqu'à hier, je ne connaissais même pas l'existence de la serre. J'étais juste curieuse de la voir. Excusez-moi.

- Vous êtes nouvelle dans la maison ? demanda Roddy.

- J'ai commencé il y a deux mois. Je suis l'assistante du docteur Reddicker pour le programme de doctorat.

- Quand on est ici depuis un certain temps, on devient très nerveux en matière de sécurité, dit Roddy.

Les trois premiers étages du Museum étaient ouverts au public. En plus des vitrines d'oiseaux empaillés dans leurs divers milieux naturels reconstitués, il y avait une librairie, une collection de pierres précieuses - petite mais superbe -, les lettres et publications de John James Audubon, et plusieurs galeries remplies de tableaux, de dessins, de sculptures et de tapisseries représentant des oiseaux. C'était la plus importante collection au monde, et la plus belle du genre. Le reste du Museum était consacré à la recherche et à l'enseignement, et la sécurité y était rigoureuse. Tous les membres du personnel, depuis les ornithologues et les chercheurs jusqu'aux vendeuses de la librairie, étaient tenus de porter un badge avec leur nom et leur photo d'identité en couleur. Roddy se rapprocha de la fille. « Mary Leibnitz », lut-il en jetant un coup d'œil à sa photo, qui évoquait quelqu'un surpris par l'objectif. Roddy avait laissé dans son bureau sa veste sur laquelle était épinglé son badge.

- Je suis Raiford Phelps, dit-il.

- Ce truc m'embarrasse, dit Mary Leibnitz. Tout le monde sait mon nom avant même que je ne me sois présentée.

- Vous voulez que je vous fasse visiter ? demanda Roddy.

Elle hocha la tête. Il lui fit traverser les salles des perroquets, des courlis, des piverts et des oiseaux-mouches. Puis il la ramena par celles des passereaux, des canaris et des colombes.

Elle s'arrêta devant une cage de pigeons.

- J'adore le son qu'ils produisent, dit-elle. C'est une sorte de gloussement. J'ai essayé de le restituer, mais je n'y arrive pas. Merci mille fois de m'avoir montré tout cela.

Il la regarda se diriger vers l'escalier. Elle avait une sorte de grâce réfléchie, comme si les divers éléments de son squelette ne tenaient ensemble que grâce à sa seule volonté. Roddy prit son oreiller sur l'étagère, enleva ses chaussures et s'étendit sur la table en pin. Il se pencha pour allumer son poste de radio mais l'idée d'écouter de la musique l'importunait. Il s'endormit bercé par le pépiement des passereaux.

Le temps se refroidit. On ne se serait nullement cru au printemps. Certains jours, Roddy pouvait à peine tenir les yeux ouverts. Il se mit à faire deux sommes : un le matin, et un l'après-midi. Il arpentait son bureau, parcourait rapidement ses épreuves et se couchait tôt, en ruminant et en se retournant dans son lit sans pouvoir dormir. Il descendit plusieurs fois au cinquième étage, cherchant en vain Mary Leibnitz. Une fois, brièvement, il la rencontra dans le hall et lui dit que, si elle venait dans son bureau, il lui montrerait sur quoi il travaillait. Un jour, comme il était dans le couloir du cinquième, il la vit assise, toute petite, à côté de la formidable rouquine qu'était Ethel Reddicker, occupée à tracer des courbes. Une semaine passa sans que Mary vint le voir dans son bureau.

Tous les dimanches soir, Roddy appelait Templeton pour parler à Sarah Justina, avec qui il avait de longues conversations de bébés suivies d'échanges laconiques, quasi bureaucratiques, avec Garlin. Tous les lundis, il se réveillait vidé. Il semblait toujours pleuvoir le lundi, ou, au mieux, faire gris. Il commença à dormir beaucoup trop longtemps dans la salle des passereaux et fut obligé d'apporter un réveil.

Un lundi, il l'oublia et, en se réveillant, il vit Mary Leibnitz. Debout devant une cage, elle le regardait ; il cligna des yeux pour chasser l'effet de noir qui l'inquiétait tant, puis le refit parce qu'il était horrifié. Rien de ce qu'il tentait désespérément de dire n'était approprié. Il se contenta de la fixer du regard.

Elle l'observait calmement - il aurait aussi bien pû être un des oiseaux qu'elle attendait de pouvoir nourrir. Sa blouse de laboratoire pendait sur elle. Elle se retourna et sortit.

- Un moment, dit Roddy.

Mary Leibnitz s'arrêta devant une cage de chardonnerets verts.

Il descendit de la table, glissa ses pieds dans ses chaussures et l'affronta :

- Je déteste qu'on m'espionne, dit-il.

- Je ne vous espionne pas. Je suis montée vous voir à votre bureau et vous n'y étiez pas. J'ai alors pensé que je vous trouverais ici.

- C'est à mon bureau, que je vous ai dit de venir, pas ici.

- Je sais. Mais vous n'y étiez pas. Je vous prie de m'excuser, bien que je ne comprenne pas pourquoi vous en faites toute une histoire.

- Je ne fais pas d'histoire. Simplement, je n'aime pas qu'on m'épie.

- En fait, ce que vous voulez dire, c'est que vous venez

secrètement faire ici de petits sommes et que vous ne voulez pas qu'on vous y prenne. Mais où est le mal ? Moi aussi, j'aimerais bien venir y dormir. Ça sent bon.

- La question n'est pas là. Je n'aime pas qu'on vienne fouiller dans ma vie privée.

- Ça vous intéresserait de savoir que je vous ai déjà vu dormir ?

- Eh bien, ça ne me plaît pas. Ça ne me plaît pas du tout. Vous n'avez pas à fureter ici.

Mary posa une main fraîche sur son bras.

- Ne criez pas, dit-elle. Votre réaction est excessive. Je suis venue ici une ou deux fois pour parler à M. Flores. Il est péruvien, et je vivais à Lima quand j'étais petite. Je viens pour parler l'espagnol avec lui.

- C'est très aimable de votre part.

- Inutile d'être désagréable. Je suis *vraiment* désolée de vous avoir réveillé. Au revoir.

- Depuis combien de temps étiez-vous là ?

- Dix minutes. Vous n'avez perdu que dix minutes de vie privée. Je ne vous ai pas réveillé tellement je vous trouvais angélique.

Avec la prestesse d'un chat, elle disparut avant que Roddy eût pu se ressaisir.

Le samedi après-midi, Roddy alla au Museum pour corriger ses épreuves. On frappa à la porte de son bureau. Il se retourna, et, sur le pas de la porte, il vit Mary Leibnitz, sa blouse de labo enfilée sur un blue-jean.

- Salut, dit-elle. Voulez-vous que je m'en aille ? J'étais simplement venue voir si vous étiez ici parce que je voudrais monter à la serre.

- Pourquoi ce « voulez-vous que je m'en aille ? » ?

- Vous m'avez dit que vous aviez horreur qu'on empiète sur

votre vie privée. Je ne veux donc pas peupler votre solitude, à moins que vous ne souhaitiez la voir peuplée.

- Peupler ma solitude..., répéta Roddy.

Elle semblait très fragile, là, sur son seuil. Quelque chose de doux se lisait dans les yeux qu'elle posait sur lui.

- Je peux aller voir les passereaux ? Je veux dire, ça ne vous ennuie pas ? demanda-t-elle.

Roddy la regarda longtemps avant de répondre.

- Vous êtes peu banale, dit-il.

Mary gardait les yeux fixés au sol.

- Je peux y aller ?

- Je vous accompagne, dit Roddy en lui prenant le bras.

Elle le suivit dans l'escalier en spirale. Il était grand et élancé, avec les épaules un peu voûtées. Ses cheveux étaient châtains, avec un rien d'acajou sur les pointes, là où ils bouclaient légèrement. Devant une cage de pinsons, Mary l'étudia.

Il avait des yeux verts plutôt ronds, avec de fines rides autour qui rendaient son visage subtilement las. Sa peau était très fine, et son nez, en trompette. En pleine lumière, il avait l'air d'un gamin.

- Que voulez-vous voir ? demanda-t-il.

- J'avais simplement envie de revoir la serre, dit Mary. Je crois qu'il n'y a aucun lieu qui me plaise autant.

- Je peux vous montrer beaucoup de choses, dit Roddy.

- Être ici me suffit.

Elle sourit, puis s'arrêta.

- Mais j'y pense : ma soif d'émotions esthétiques vous empêche sans doute de travailler. Je vous prie de m'en excuser. En fait, mes motifs n'avaient rien de scientifique. Désolée de vous voler votre temps.

- Ça va, dit Roddy. Au moins vous aimez les oiseaux.

Quand ils ouvrirent la porte du bureau, Aggie, Bert, Russel et Gem, perchés sur la tringle à rideaux, volèrent vers les étagères de la bibliothèque. Roddy baissa les stores.

- Il faut que je les remette en cage. Restez près de l'interrupteur et, quand je vous le dirai, éteignez.

Planté au centre de la pièce, il se mit à agiter les bras. Les oiseaux quittèrent la bibliothèque pour se réfugier dans les coins.

- Allez-y, cria Roddy.

Mary éteignit. Elle entendit un battement d'ailes furieux à travers la pièce, puis contre le mur.

- Bon, dit Roddy. Maintenant, rallumez.

Il avait une serviette à la main, d'où pointait une minuscule tête blanche et jaune.

- C'est Aggie, dit-il. Venez voir.

Mary le regarda approcher la serviette de la porte de la cage. Aggie sautilla vers le fond de sa prison. Un peu chiffonnée, elle avait l'air terrifié.

- Vous ne pouvez pas les attraper autrement ? demanda Mary.

- Non. Je fais ça tous les après-midi.

- Je ne supporte pas de les entendre se cogner ainsi au mur.

- Il n'y a pas d'autre façon. Ils doivent regagner leur cage le soir.

- Ils ne viennent pas se poser sur votre main ?

- Pas ceux-là. Ils sont affectueux, mais un peu méfiants.

- M. Flores, lui, arrive à les attraper au vol.

- Alors, attachez-vous à ses pas. Vous ne trouverez pas de sitôt un second saint François d'Assise.

Quand Gem, Russel et Bert furent attrapés de la sorte, Mary s'appuya au mur.

- Ils ont émis les sons les moins naturels que j'aie jamais entendus, murmura-t-elle.

- Pas moins naturels que bien d'autres choses auxquelles on s'habitue, répondit Roddy en couvrant la cage avec un tissu bleu.

Ils quittèrent le Museum, marchant le long d'une rue plantée d'arbres. Des feuilles mouillées formaient sur le trottoir un motif délicat.

- J'habite tout près, dit Mary. Vous voulez venir boire un café ?

- Non merci, dit Roddy. J'ai trop de travail.

Mary vivait dans une maison de grès brun dotée d'une énorme porte de chêne. Son appartement donnait sur un jardin au milieu duquel un cupidon de ciment au bras droit cassé se dressait dans un bassin jonché de feuilles mortes mouillées. Aux murs, étaient accrochés des aquarelles de fleurs comme on les aimait autrefois, un petit tapis de prière et une tenture péruvienne. Ses meubles étaient simples et fonctionnels - un bureau de chêne, une table du même bois, un canapé gris et deux fauteuils bleus.

De la fenêtre, Roddy pouvait voir les flèches du Museum et les abords du parc. Dans un coin du jardin, poussait un catalpa dont les cosses desséchées pendaient comme des peaux de serpent parmi des bourgeons verts tout neufs.

Mary entra dans la pièce avec un plateau chargé de tasses et d'une cafetière.

- C'est le paradis, ici. Comment pouvez-vous aimer à ce point la salle des fringillidés alors que vous habitez dans ce lieu divin ?

- Je suis heureuse que vous ayez décidé de venir, après tout, dit Mary. Venez boire votre café.

- Attendez une minute, dit Roddy.

Passant son bras autour de ses épaules, il la fit pivoter pour la regarder à la lumière du jour finissant, plongeant ses yeux dans une paire d'yeux honnêtes et graves. Elle finit par sourire, et il l'embrassa.

- Merci, dit-elle.

- Merci de quoi ?

- J'espérais que vous m'embrasseriez, mais je ne savais pas comment m'y prendre pour que vous le fassiez. Je suis timide.

- Vous n'avez pas l'air de l'être tellement, dit Roddy.

- Je le suis, mais pas à la façon habituelle.

Elle se pencha vers la cafetière, mais il lui arrêta le bras et l'embrassa de nouveau. Ils se tenaient devant la fenêtre, les doigts entrelacés, et elle scrutait le visage de Roddy comme si elle voulait s'en souvenir à jamais.

- Je suis marié, dit-il.

- Alors, vous n'auriez pas dû m'embrasser.

- Ou plutôt, je suis en train de divorcer. Je ne vous dis pas ça pour que vous croyiez que je suis libre, ou ce genre de truc.

Lâchant sa main, il s'assit.

- Raiford... dit Mary.

- Roddy, corrigea Roddy.

- Roddy, quel âge avez-vous ?

- Trente et un ans.

- Vous êtes bien balourd pour quelqu'un de trente et un ans.

- Je déteste ce genre de conversations.

Il buvait son café en regardant par la fenêtre.

- Vous n'avez pas idée à quel point cet endroit est agréable. Au fait, pourquoi suis-je balourd pour quelqu'un de trente et un ans ?

- Parce que tout d'abord, vous m'avez embrassée ; puis vous m'avez dit que vous étiez marié, et enfin de ne surtout pas m'imaginer que vous étiez libre. Comment savez-vous si, moi, je le suis ? Je pourrais fort bien être mariée.

- Vous l'êtes ? Ce type qui est en photo sur la cheminée, a-t-il une place dans votre vie ?

- C'était mon fiancé. On devait se marier en juillet dernier mais on a rompu. Il est parti pour l'Inde, mais on s'écrit. On est toujours amis.

- Ah bon ?

- C'est ce qu'on était au début : des amis. On peut cesser d'être amants, mais on ne peut annuler l'amitié. Peut-être est-ce différent quand on divorce - difficile peut-être pour vous de savoir si vous et votre femme êtes toujours amis.

- Je ne sais pas si nous l'avons jamais été, dit Roddy. Nous avons eu un enfant, mais, apparemment, cela ne nous a pas rapprochés.

Mary le regarda tristement. Il était assis dans un coin sombre du canapé. Elle alluma une lampe et sa clarté le frappa en pleine figure. Assise à l'autre coin du canapé, elle l'observait. Les jeux de lumière sur son visage changeaient constamment l'expression de celui-ci. Quand il finit par se tourner vers elle, les petites rides qu'il avait autour des yeux étaient comme lissées.

- C'est la première fois depuis des mois que je me sens bien, dit-il. Vous êtes délicieuse à un point que vous n'imaginez pas.

Le dimanche matin, Roddy, assis chez lui, attendait Mary. Elle devait venir lui emprunter son exemplaire des *Fringillidés de Darwin*. Par anticipation, il se sentait à la fois heureux et nerveux ; il tenta de se calmer en pensant à l'appartement de Mary, si semblable à la salle des passereaux. Il aimait la façon dont elle l'observait, le sérieux de ses réactions.

- Être avec vous c'est comme être au cinéma, lui avait-il dit. J'ai l'impression d'être une caméra filmée par une autre caméra. C'est comme être simultanément en/hors situation. Si je vous regarde, je me vois vous regarder. C'est tout à fait inhabituel pour moi, cette façon que vous avez de prendre mentalement des notes.

Elle arriva à l'heure, vêtue d'un imperméable, d'une jupe grise et d'un pull blanc.

- Vous ne portez jamais rien qui ressemble à de la couleur ? demanda Roddy.

Son appartement était situé près du fleuve, au rez-de-chaussée d'un immeuble de briques miteux. Dans le living-room, il y avait une table en aluminium encombrée de documents, deux fauteuils bon marché et un canapé assorti. Il semblait que quelqu'un singulièrement dénué d'imagination avait habité dans ce deux pièces quelque temps, puis était parti à la cloche de bois en abandonnant meubles de rien et rideaux fanés. Par terre au milieu de la pièce principale, il y avait un climatiseur renversé sur le côté, ses pièces éparses autour de lui.

- Je suis en train de le réparer, expliqua Roddy.

Derrière la cloison, se trouvait sa chambre - un cagibi tout juste assez grand pour loger un lit encombré de lessive propre et d'un petit générateur. Dans la cuisine, il y avait un bec Bunsen et un tableau perforé sur lequel était accrochés des marteaux, des roues dentées, des clés à écrou et des mèches diverses. Sur le buffet de Formica, un vase à bec de chimiste faisait office de cafetière. Il y avait deux assiettes et deux gobelets en fer-blanc, un bonus récolté pour l'achat de cinq bouteilles de sauce au soja alignées sur une étagère à côté de boîtes en fer-blanc vides qui avaient jadis contenu du jus d'orange. Le réfrigérateur ronflait ; Roddy tapa dessus. Il se calma puis s'ouvrit, révélant un pot de *cottage cheese*, une bouteille de vin et un carton d'œufs.

- C'est mon prochain projet, ce réfrigérateur, dit Roddy. Je suis arrivé une fois à le faire taire, mais il recommence.

Il fit du café dans le vase à bec. Il le servit avec des sachets de lait en poudre et des morceaux de sucre chipés à la cafétéria du Museum.

- Quelle drôle de façon de vivre, dit Mary. Vous vous donnez la peine de faire du café-filtre et vous n'avez pas de vrai lait. Vous campez ici plus que vous n'y habitez, n'est-ce pas ?

- Le « vrai » lait, comme vous dites, ne se garde pas. Et comme je suis peu chez moi, pourquoi se donner cette peine ?

- Dans ce cas, pourquoi se donner la peine de faire quoi que ce soit ?

- Je passe presque tout mon temps à travailler. Je ne peux pas le gaspiller à autre chose.

Ils burent leur café assis côte à côte sur le canapé, main dans la main. Le Frigidaire recommença à ronfler.

- Il faut que je le répare. Mais avant, je dois appeler Templeton. J'ai essayé toute la journée de joindre Garlin. Ou elle n'est jamais chez elle, ou elle ne répond pas.

Tirant le téléphone de dessous le canapé, il composa une série de chiffres.

- Laisse-moi parler à Sarah, dit-il dans le combiné. Elle va mieux ?... Allô ? S. J., c'est papa. Ah, on t'a fait une piqûre. Tu n'as pas pleuré ? Je suis très content de l'apprendre. Je t'envoie une carte postale et je veux que tu m'envoies un des dessins que tu fais à l'école. D'accord ? Demande à maman si elle veut me parler. Salut... Je n'ai pas encore parlé à l'avocat. Je l'appelle demain. D'accord ?... Entendu.

Il raccrocha.

Mary s'était déplacée à l'autre bout du canapé, soucieuse d'établir quelque distance entre elle et la conversation qui se tenait en sa présence.

- Pourquoi êtes-vous allée vous cacher là-bas ? lui demanda Roddy. Pour me punir d'appeler ma femme ? Vous pouvez appeler votre petit ami en Inde, si ça vous chante.

- Ne me taquinez pas. Quel âge a votre petite fille ?

- Quatre ans.

- Vous avez une photo d'elle ?

- Pas ici. Presque toutes mes affaires sont chez mes parents, à Westchester. Une fois, j'ai rapporté tout un fourbi de Nouvelle-Calédonie - des plumes, des nids, des arcs, des bateaux sculptés, vous voyez le genre. Après mon mariage, tout était artistiquement exposé, mais Sarah a posé ses mains de bébé sur ce qui ne s'était pas déjà désintégré : elle a tout cassé.

- C'est une vie frugale que vous menez là, dit Marie en souriant.

- Vous pourriez être ma chose. Je vous mettrais dans une petite niche et je déposerais des fleurs à vos pieds.

- Ne me taquinez pas.

- Je *voudrais* que ce soit une simple taquinerie, mais je suis tellement heureux que vous soyez ici...

Il sortit le vin du Frigidaire, le déboucha et en remplit deux verres à eau.

- On fête ça, dit-il.

- À votre santé. Au printemps, dit Mary.

Ils burent leur vin en silence, contents d'être ensemble. Le réfrigérateur ronflait.

- Restez ici. Je vais réparer ce truc une fois pour toutes.

- Oh non, Roddy. Pas tout de suite. Parlez-moi, plutôt.

- C'est maintenant que je peux le faire. Demain, je n'aurai peut-être pas le temps. Qui plus est, je peux vous parler en le faisant. Passez-moi cette clé à écrou - la petite.

Il la prit, ainsi qu'un tournevis et, après avoir démonté la plaque du bas, il se coucha sur le dos pour examiner l'intérieur du moteur de l'engin.

- Il y a une lampe électrique dans ce tiroir-ci, dit-il. Pouvez-vous la braquer juste au-dessus de ma tête pour que je voie mieux ce qui se passe là-dedans ?

Elle fit ce qu'il lui demandait, orientant parfois le faisceau vers son visage.

- Cette machine est une antiquité, dit Roddy. Pourquoi me braquez-vous ce truc dans les yeux ?

- Pour mieux vous voir.

Une demi-heure plus tard, le bruit était atténué. Roddy se leva et prit la lampe des mains de Mary.

- Je ne devrais pas faire ça, dit-il.

- Quoi ? Réparer le réfrigérateur ?

- Vous demander si vous restez passer la nuit avec moi.

- Vous savez bien que la réponse est oui, dit Mary.

- Pourquoi ?

- Parce que c'est la chose à faire.

- Vous faites toujours les choses parce que vous avez une bonne raison de les faire ?

- Et vous, vous n'aviez pas une bonne raison de poser votre question ?

- J'ai une chance incroyable que vous soyez venue dans la salle des fringillidés. Vous êtes la personne la plus exquise que j'aie jamais rencontrée. La seule personne qui soit *prête* pour tout ce qui lui arrive. Êtes-vous prête à souffrir ?

- Je ne sais pas de quoi vous parlez. Vous ne devez pas le savoir non plus.

Mary rinça les verres, heureuse de sentir l'eau couler sur ses poignets.

Chaque jour, ils quittaient le Museum ensemble, se promenaient dans le parc et dînaient ensemble. En semaine, ils passaient la nuit chez Roddy, le week-end, chez Mary. Souvent, au milieu du dîner ou d'une promenade, ils s'arrêtaient net pour échanger un long regard émerveillé.

- Je n'ai jamais été aussi heureux, dit Roddy.

- Moi non plus.

« J'aime traverser le temps avec toi », lui disait souvent Roddy.

Ils se lisaient des livres à haute voix, parlaient pendant des heures et entendaient écrire un article ensemble sur les modèles de chant chez les fringillidés, en liberté et en captivité. Roddy était surpris que Mary aimât rester si longtemps à table. Ils parlaient, se querellaient et menaient une vie réglée. Chaque jour, le feuillage des arbres s'étoffait un peu plus. Les cerisiers du jardin du Museum étaient en fleur. L'herbe, plus luxuriante, était le soir humide et brillante. Le matin, ils n'arrivaient pas ensemble.

Un soir, à la mi-juin, ils se promenaient nonchalamment dans le parc. La terre dégageait une vapeur froide qui se rassemblait en de vagues halos sous les réverbères. Les arbres, qui avaient fleuri tard, commençaient à peine à perdre leurs pétales qui se répandaient sur l'herbe telle de la peinture renversée. Ils ne marchaient pas main dans la main, mais chacun restait étroitement sur l'orbite de l'autre, bras contre bras. Ils s'arrêtèrent près d'un muret de pierres et s'étudièrent. Il avait une façon spécifique de neutraliser toute expression sur son visage ; seule une légère préoccupation s'y lisait. Quand sa tension se relâchait et qu'il souriait, il arrivait parfois à Mary d'avoir envie de pleurer. Souvent, il la regardait avec une telle tendresse qu'elle devait se forcer à le faire rire pour dissiper son intensité.

- Tu es une bénédiction que je ne mérite pas, déclara-t-il.

- Tais-toi.

- Quand je pense que c'est par pur hasard que tu travailles au Museum, et que tu aurais pu ne jamais monter à la serre...

- Alors, tu crois que c'est par hasard que nous sommes ensemble ?

Mary marcha vers un platane, s'éloignant de lui et de la lumière.

- Et toi, qu'en penses-tu ?

- Toi, je ne sais pas, répondit Mary d'une voix presque inaudible, mais d'autres font les choses par amour.

Il la rattrapa par le coude.

- Tu veux dire que tu m'aimes ?

- Ça ne te regarde pas, dit Mary.

- Comment ça, ça ne me regarde pas ?

- Ce n'est pas ce que tu veux réellement entendre. N'essaie pas de me faire dire ce que tu ne veux pas entendre.

L'été semblait peu pressé de s'installer. La mi-juillet était encore froide et pluvieuse, et les couloirs de pierre du Museum étaient humides. Les jours se succédaient dans une grisaille épaisse. Un vendredi d'août, Roddy et Mary, abrités sous un parapluie, rentraient sans se presser à l'appartement de Mary. Dans les rues, les gens se mouvaient avec lenteur sous l'averse, et le feuillage des arbres remuait comme une flore aquatique. La porte d'entrée de Marie avait gonflé, et Roddy dut donner un grand coup dedans pour l'ouvrir.

Il s'affala sur le canapé et ferma les yeux. Mary, assise par terre, versait du café dans les tasses.

- Tu as sommeil ? lui demanda-t-elle.

Depuis une quinzaine, il était nerveux et dormait mal.

- J'essaie de voir ce qui restera de tout ceci dans mon souvenir, dit Roddy. Nous ne vivons pas dans le temps réel. Notre relation est hors du temps réel.

- Elle est suffisamment réelle en ce qui me concerne, dit Mary. Elle leva les yeux. Il était toujours étendu, les mains jointes sur la poitrine, les yeux fermés, comme un chevalier sculpté sur une tombe médiévale.

- Pour nous, le temps est agréablement suspendu. Le temps réel n'a rien à voir avec ça. Il est lesté de corvées, de récriminations et d'échecs.

Elle posa sa tasse et croisa les bras autour de ses genoux.

- Tu es en train d'essayer de me dire que quelque événement va changer notre situation ? C'est pour ça que tu es si nerveux ? demanda-t-elle.

Il vint s'asseoir par terre près d'elle et ôta les épingles de ses cheveux.

- Tu t'imagines que la vie est une ligne droite, Mary. Tout te semble cohérent et simple parce que tu l'es. Mais moi, je ne le suis pas.

- Si tu essaies de me dire que tu dois aller à Westchester avec Sarah Justina, il y a longtemps que je le sais.

- Écoute, Mary, ce que nous vivons en ce moment est un

petit cadeau enveloppé dans une céleste feuille de temps. Ce ne sera plus jamais comme cela. Il y a des choses que je dois faire qui finiront par me séparer de toi, et tu vas me détester.

Il enroula une mèche de ses cheveux autour de son poignet, puis il la laissa se dégager. Elle se leva et alla s'asseoir sur une chaise inconfortable dont elle saisit le siège canné à pleines mains jusqu'à en avoir l'empreinte sur ses paumes. Depuis un mois, elle avait le pressentiment qu'une chose de ce genre allait lui arriver.

- Si tu veux me dire qu'il faut qu'on se sépare, dis-le, Roddy. Cesse d'être aussi lâche.

Il vint s'agenouiller devant sa chaise.

- Je me suis habitué à ces jours si libres et si doux, et cela me rend malade de penser à ce que la vie va leur infliger.

- Parle franchement, insista Mary.

Elle se baissa pour ramasser les tasses et, quand elle saisit le pot de crème, il lui échappa et se brisa au sol. Elle se redressa brusquement, cacha son visage dans ses mains et se mit à pleurer.

Roddy la prit dans ses bras. Passant ses doigts sur les larmes qui coulaient sur son visage, il dessinait un motif sur sa joue.

- Je voudrais pouvoir arrêter pour toujours ce temps que nous passons ensemble, Mary, mais la terre continue de tourner ; tout change. On ne peut pas arrêter le mouvement, geler des choses aussi délicates que celles-ci : elles ne survivraient pas au dégel.

- Je ne peux pas te contredire quand je ne sais même pas de quoi tu parles, s'écria Mary.

- Du temps. Je parle du temps. Je n'ai jamais vu une vie organisée à ce point autour de l'idée de confort. Ce n'est pas la mienne.

Elle le regarda avec gravité.

- Tu m'as dit que j'étais une bonne organisatrice. Eh bien, le temps est la chose au monde la plus facile à gérer.

- Je veux rester avec toi, chuchota Roddy dans ses cheveux,

mais je ne vois pas comment. Tout ce que je vois, c'est le chaos extérieur qui grignote les coins de notre petit univers intime.

- Ce dont tu parles n'a rien d'extérieur. Tu parles de toi-même. Le chaos du monde n'a rien à voir avec nous.

- Écoute, tout est poreux : la vie est pleine de trous. Ce que nous avons maintenant ne peut que s'abîmer. C'est pour ça que c'était si beau : rien n'y a fait obstacle pendant un certain temps.

Elle lui dit très lentement :

- Je ne voulais pas te l'avouer, Roddy. Mais tu sais que je t'aime. J'ignore ce qui te travaille, au fin fond, mais si c'est quelque chose que tu dois vivre seul, je t'attendrai. Va t'occuper de Sarah Justina et quand tu auras fini, on essaiera de régler notre problème. Je ne veux pas vivre avec toi dans un temps irréel.

- Tu me rends les choses très difficiles.

- Au contraire, je cherche à te les faciliter. Je déblaie le terrain pour toi, pour que tu puisses nous voir, toi et moi, en perspective. Mais ne me fais pas attendre trop longtemps.

- Je vais essayer de comprendre ce qui se passe. Je vais y arriver, s'écria Roddy avec ferveur.

La première semaine de leur séparation, Mary travailla sur le chant des grives, dont elle fit un diagramme. Elle enregistra sur cassettes des chants de canari et en fit la notation musicale, assise dans son minuscule bureau avec des écouteurs sur les oreilles. Ils l'empêchaient d'entendre des pas mais pas de passer et de repasser dans sa tête les paroles de Roddy. Quand Ethel Reddicker partait déjeuner ou faire son cours, Mary enlevait ses écouteurs, fermait la porte et pleurait. Elle ne rôdait jamais près du bureau de Roddy, mais l'idée qu'il était dans le bâtiment, arpentait les couloirs et prenait l'ascenseur le liait à elle.

La nuit, elle revivait en pensée les moments qu'ils avaient passés ensemble en se disant avec nostalgie qu'elle pensait désormais à lui au passé. Elle n'avait personne à qui parler ; elle et

Roddy s'étaient enfermés dans une relation qui ne laissait pas de place aux autres.

Puis, pendant un mois entier, elle se tint occupée, sachant qu'il était à Westchester avec Sarah Justina. Le mois écoulé, elle découvrit que des crises de larmes la prenaient quand elle s'y attendait le moins. Elle marchait dans le Museum dans un état de transe vaguement migraineuse jusqu'au soir où elle rentra chez elle avec un rhume qui la tint à la maison trois jours. Elle les passa à regarder le ciel bas et les nuages de pluie amoncelés au-dessus des flèches du Museum.

Début septembre, elle monta à la serre, après s'être assurée qu'elle n'y trouverait pas Roddy, pour parler avec José Jacinto Flores. Elle le trouva en train de nourrir les passereaux de Roddy. Il avait passé la main dans la cage, et les oiseaux, perchés sur sa manche, grapillaient le millet sur sa paume. Il la salua dans son espagnol mélodieux et élégant.

- Pourquoi nourrissez-vous les passereaux, M. Flores ?

- Parce qu'il... - il désigna du menton la table vide - ... est aux Bermudes pour deux semaines. Il est parti faire une tournée de conférences, ce qui fait que je m'occupe des oiseaux.

Cette nouvelle remplit Mary d'espoir et de désespoir en égale proportion : il était rentré et reparti sans le lui dire ; mais d'autre part, comment aurait-il pu reprendre contact avec elle s'il était aux Bermudes ?

Mary savait que Roddy était revenu - elle le sentait. Puis, en passant devant une salle de conférences, elle le vit. Il écrivait au tableau tout en parlant à l'un des ornithologues. Il se tenait un peu voûté, une posture familière à Mary. Tout, chez Roddy, lui était familier, mais elle se sentait incapable de le relancer. Elle lui avait donné toute la confiance dont elle était capable et savait, parce qu'il le lui avait dit, qu'il avait confiance en elle. S'il la faisait attendre, c'est qu'il avait une raison. Elle devait se tenir à ce qu'elle avait dit, lui conserver cette confiance qu'elle avait décidé de lui accorder. Dans sa tête, elle entendait résonner sa voix douce qui lui disait : « Tu ne te rends pas compte à quel point je t'adore. » Elle courut se réfugier dans son bureau, en larmes.

Comment ils se débrouillaient pour travailler dans le même bâtiment, vivre dans le même quartier et ne jamais se rencontrer la stupéfiait. Pourtant, c'était ainsi. Elle n'était pas le genre de fille à lui glisser des mots dans sa boîte aux lettres ou à les lui scotcher sur la porte de son bureau. Quand deux mois furent écoulés, elle comprit qu'il ne ferait rien à son sujet et elle en souffrit à un point qui l'atterra.

Les derniers insectes flottaient paresseusement, portés par les courants d'air. Il faisait chaud et humide, ou froid et humide. Dans le jardin de Mary, des chats assis en rang sur le mur montraient les dents aux mésanges à tête noire qui les narguaient, et bavardaient entre eux en émettant, du fond de la gorge, de curieux petits bruits de crécelle.

Elle avait pris l'habitude d'utiliser l'entrée du public du Museum plutôt que celle réservée au personnel. La rentrée des classes avait eu lieu trois semaines auparavant et des rangs d'enfants gloussants patrouillés par des professeurs nerveux formaient des boucles autour des aigles de pierre de l'entrée et cascadaient le long des marches pour venir former des queues sur le trottoir.

Un matin, avant de se rendre à son bureau, Mary s'arrêta à la salle des pierres précieuses ; elle dut se frayer un passage à travers une mer de nains qui lui arrivaient à la taille. En baissant les yeux pour regarder les collections, elle ne voyait qu'un tapis ondoyant de têtes penchées sur les vitrines. Régnait un chahut monstre, combinant cris et petits rires nerveux, réverbéré par les murs de pierre en un silence assourdissant.

Mary s'en fut et monta dans l'une des galeries. Un groupe d'enfants calmes se tenait devant une cigogne de bronze. À l'extrémité de la galerie, il y avait une petite tapisserie protégée par une vitre. Une plaque annonçait qu'elle avait été tissée au XVIe siècle par les religieuses de Belley. Dans un pré vert et luxuriant semé de coquillages et de fleurs sauvages, il y avait un héron, légèrement de guingois, d'un blanc pur. Ses pieds délicats étaient rouges, et ses ailes pendaient. En s'approchant, elle vit qu'on avait prêté à l'échassier une expression de tristesse quasi humaine. Tandis qu'elle l'examinait, elle sentit que l'espace se remplissait derrière elle. Des larmes lui montèrent aux yeux, et sa bouche se tordit. Quand elle se retourna, une vague d'enfants avait submergé la salle.

Fin octobre, Roddy était étendu sur sa table dans la salle des passereaux. Il ne dormait pas et regardait le ciel par une tabatière à demi ouverte. Un oiseau en vol passa devant. Il entendit la porte s'ouvrir mais il ne leva pas les yeux. Des pas le dépassèrent et, à travers les cages, il vit le dos de la tête de Mary Leibnitz. Il l'entendit se diriger vers la pièce où José Jacinto Flores gardait ses perruches et ses poissons tropicaux. Derrière le piaulement des oiseaux, il perçut une conversation qui se déroulait en espagnol. Il entendit un bruit de chaise déplacée, puis des pas. Mary entra dans la salle des fringillidés, et Roddy se redressa sur sa table. Il la fixa par un jour entre deux cages et elle lui rendit son regard : elle ressemblait à un animal effarouché. Il n'imaginait pas ce qu'elle pouvait lire sur son propre visage, mais lui, une fois que son œil eut accommodé, put voir sur le sien l'expression d'une détresse nue. Il fit pivoter ses jambes.

- Ne te lève pas, dit-elle d'une voix douce.

Il la vit longer lentement les cages, passer la porte et disparaître.

*Cette nouvelle a paru, dans* The New Yorker, *sous le titre original « Animal Behaviour »* © *1972, Laurie Colwin.*

## Le bourgeon noir

J'ai grandi dans l'ombre d'un grand homme : James Honnimer, le célèbre poète américain. Ma famille vivait sur le campus d'une université dont Honnimer était la vedette incontestée. L'affluence à ses cours était telle qu'on devait les fractionner sans cesse, et ses lectures publiques provoquaient des embouteillages sur les routes locales. Quand il rentrait, après avoir reçu un des innombrables prix qu'il ne cessait de remporter, on était obligé de donner dans la chapelle les réceptions prévues en son honneur, aucune maison n'étant assez grande. Quand il jouait au tennis, les étudiants se bousculaient autour du court pour voir leur héros transpirer comme les autres hommes ; et quand il quittait le campus, on sentait nettement le changement - quelque chose cessait de se produire.

Dans ma prime jeunesse, on avait toujours Honnimer sous la main quand il s'agissait d'un goûter d'anniversaire. Il adorait les rassemblements d'enfants - surtout s'agissant des brillants rejetons de ses collègues universitaires. Si les pères évitaient de se ridiculiser, Honnimer n'avait pas ces retenues. Il se mettait à quatre pattes et grognait comme un ours. Il laissait les enfants grimper sur ses épaules et il les hissait à bout de bras jusqu'à leur faire toucher le plafond de la tête. Il savait imiter le cri de l'animal de basse-cour courant, mais aussi barrir comme un éléphant. Il nous apprenait à nous pendre par les mains du haut du montant des portes. Mais surtout, il aimait inventer des histoires. À chaque anniversaire, on le voyait assis sur le canapé, entouré de gosses qui ne décollaient pratiquement pas des coussins. Les livres pour enfants qu'il écrivait s'élaboraient tous ainsi : il nous racontait d'abord une histoire, qui était ensuite publiée et qu'il nous relisait à haute voix en nous montrant les images. Je le détestais.

J'étais l'enfant unique d'un couple de professeurs. Mon père enseignait les mathématiques spéciales ; il était le partenaire de Honnimer aux échecs. Ma mère enseignait la botanique, et elle fournissait à Honnimer le nom des fleurs qu'il utilisait dans ses poèmes. Nous étions une famille tranquille. Honnimer, à tort, prenait cette quiétude pour de la tristesse ; ses poèmes indiquaient clairement qu'il nous trouvait tristes. C'est pourquoi il venait faire du bruit chez nous, avec ses gros rires, ses gesticulations, et des opinions véhémentement exprimées. Comme mes parents l'aimaient beaucoup, ça leur était égal de voir leur paix ainsi troublée, et, réciproquement, le calme de leur vie semblait l'apaiser. Mes parents n'étaient pas des gens silencieux, mais, en scientifiques qu'ils étaient, ils avaient des habitudes d'ordre et de méthode. Leurs collègues encourageaient leurs jeunes enfants à exprimer leurs émotions, craignant qu'ils ne souffrent plus tard de refoulement. Cela n'eût pas gêné mes parents d'avoir un enfant exubérant ; mais je ne l'étais pas. J'avais de l'ordre et de la méthode.

Dans mon enfance, les histoires qui m'avaient fait le plus d'effet étaient celles des jeunes Indiens aux pieds légers qui ne pleuraient jamais, même quand ils avaient mal. Ils étaient courageux et avaient appris à faire des outils avec des rameaux de saule. On me laissait courir librement les bois et les prairies qui entouraient le campus, et j'y passais le plus de temps possible à m'entraîner à devenir un enfant indien.

Mes parents aimaient les livres. Moi aussi, mais également les autres activités qu'eux-mêmes avaient aimé pratiquer en leur temps, et qu'ils m'avaient apprises, comme nager, pêcher et faire de la voile. Pendant le week-end, ma mère m'emmenait faire de longues promenades pour observer les oiseaux ; quand j'ai su lire et écrire, tous deux m'ont offert une paire de jumelles et un carnet de notes pour y dresser mes propres listes de tout ce qui vivait dans la nature. Honnimer le savait et cela l'enchantait.

J'étais l'enfant qu'il préférait à tout autre, et je ne pouvais pas lui échapper. Quand il lisait à un groupe, c'était pour moi qu'il lisait. Je ne m'asseyais jamais près de lui sur le canapé, mais sur ma propre chaise, ou par terre dans un coin. Quand il venait à la maison, il essayait de me faire parler en me demandant quels oiseaux j'avais vus ; ou bien il imitait un oiseau et me demandait de le nommer. Au printemps et en été, il m'apportait des œufs, des plumes et des bouquets de fleurs sauvages. Cela me contrariait, mais je ne pouvais pas m'expliquer pourquoi. Il savait tout au sujet de mes collections d'œufs et de plumes conservées dans des boîtes à chaussures, ainsi que de mes albums de fleurs séchées, et cela me mettait mal à l'aise. Je ne voyais pas pourquoi il se donnait tant de mal pour moi. Il était un adulte et je n'étais qu'un enfant. À ses attentions, je réagissais d'une façon muette et compassée qui m'était inhabituelle. Quand cette attitude me démarquait des autres, Honnimer était d'autant plus ravi de ce qu'il appelait mon « adorable sérieux de bébé ».

À part moi, tous l'adoraient. Lui et Lucy, sa femme, étaient les gens les plus populaires du campus. Lucy était blonde et portait des pulls en cachemire. Elle assistait souvent à ses lectures et, assise au premier rang, elle le regardait en souriant. Quand il n'avait plus de cigares, il baissait les yeux vers elle et elle lui en tendait un. Elle ne pouvait, ou ne voulait pas avoir d'enfants. Tous deux avaient trois gros chats noirs qui produisaient une portée par an. Il y avait une liste d'attente pour ces chatons, et un tirage au sort officieux pour savoir qui monterait près de Honnimer quand il conduirait sa voiture de sport à la révision dans le comté voisin. Si Lucy l'accompagnait, des étudiants traînaient sur le parking après leur départ, les regardant, déçus, s'éloigner dans leur cabriolet décapoté - Honnimer en treillis militaire, et Lucy, un foulard de soie noué sous le menton. Ils formaient un couple dont les étudiants de licence étaient amoureux.

Honnimer m'a mis le grappin dessus petit à petit et furtivement. Quand je quittais la maison avec mon attirail de pêche ou mes jumelles, il savait toujours où me trouver. Il roulait en voiture sur la même route que moi, ou il se débrouillait pour me croiser en allant au tennis. J'ai pris l'habitude de ces rencontres au point que je commençais à les attendre. Dès que je voyais Honnimer, je me voyais telle qu'il me voyait : une petite fille brune avec une canne à pêche, un short kaki et de longues jambes. Je pouvais difficilement décrocher mes jumelles de leur clou sans me voir moi-même faire le geste.

Outre devenir une vraie squaw, j'ai appris toute seule le patin à glace. Mes parents m'avaient fait commencer sur l'étang gelé du collège, me tendant, au début, un balai auquel je pouvais me raccrocher. Dès que j'ai trouvé mon équilibre, je me suis mise à observer les patineurs les plus expérimentés. J'étudiais ce qu'ils faisaient et les imitais. Une fois qu'on sent bien la glace, elle ne vous trahit plus.

Quand la surface de l'étang tournait à la gadoue, ou qu'elle commençait par endroits à craquer, mes parents me payaient l'autobus pour aller à la patinoire municipale. Là, les garçons et les filles plus âgés, assis au soleil sur les gradins, s'embrassaient en buvant des chocolats chauds. Ceux de mon âge se bousculaient sur la glace en tombant et en criant. Au centre de la patinoire, loin des maladroits, s'exerçaient les patineurs sérieux. Je restais toujours dans ce périmètre pour les observer. Ce qu'on s'enseigne à soi-même dans l'enfance est précieux, et, à cet âge, on a une patience illimitée. Mes parents savaient que je patinais, mais ils savaient aussi que je ne voulais pas y être encouragée, ni qu'on m'offre des pulls chic de patineuse pour Noël. Je ne voulais pas qu'ils suivent mes progrès, ou les commentent, et surtout pas qu'ils les photographient. Je ne voulais pas qu'on loue mes efforts.

J'avais pour amis les enfants précoces des intellectuels - des gosses féroces et tapageurs qui connaissaient l'algèbre à neuf ans et étaient trilingues à dix - ce dont leurs parents étaient fiers. Les miens n'étaient que contents de moi. Ils s'intéressaient à mes passe-temps mais gardaient leurs distances. Nous avions trois catégories d'amusements : les leurs, les miens et les nôtres. Mon père adorait pêcher, et il m'avait appris à attacher les mouches. Au printemps, nous remontions à pied telle ou telle rivière et passions toute une journée dans un trou à truites, avec de l'eau jusqu'aux hanches, à extraire les moucherons qui nous rentraient dans les yeux. Avec ma mère, je faisais des promenades ornithologiques ; c'est d'elle que j'ai pris mes habitudes méthodiques d'observation et de notation. En règle générale, ils me fichaient la paix, car ils aimaient que je la leur fiche.

Ma vie aurait été parfaitement banale et heureuse s'il n'y avait pas eu Honnimer. Il m'étudiait. Il savait quelles poupées j'aimais - celles aux têtes, pieds et mains de porcelaine. Il savait que je collectionnais les pointes de flèches et les os d'animaux, et que j'avais essayé de me faire un arc avec une branche de saule. Il m'avait dédié un de ses livres pour enfants. Il avait utilisé mon nom dans un de ses poèmes, *Une journée aux champs avec Bernadette Spaeth*. Quand il venait jouer aux échecs avec mon père, il observait mes moindres gestes. Il m'avait choisie. Rien ne pouvait m'arriver de pire.

À quinze ans, j'étais une patineuse assez accomplie. J'allais à la patinoire chaque après-midi, et, l'hiver, à l'étang chaque week-end, toujours aux moments où je savais qu'il n'y aurait pas trop de monde sur la glace. Pour m'amuser, je préférais l'étang. J'aimais voir les arbres défiler vertigineusement quand je faisais la pirouette. Pour patiner sérieusement, la patinoire était mieux.

Un après-midi, à la patinoire, j'ai vu une fille plus âgée faire une figure compliquée. En fermant les yeux, j'ai essayé de la reproduire mentalement. Puis j'ai levé la tête. Presque caché dans l'obscurité, Honnimer m'observait du sommet des gradins. Tu es la muse du poète, semblait me dire ce regard. Si tu as l'impression que je t'espionne, va te plaindre à tes parents. Ils te diront que tu es une petite sotte hystérique. Ils t'expliqueront ce qu'est l'art, et comment on le fait.

Bien sûr, il avait écrit un poème nommé « La fille aux patins à glace ». C'était le titre de son dernier recueil, celui que mes parents gardaient sur leur bureau avec leurs autres livres. Ils admiraient son travail et ça ne les gênait pas qu'il écrive sur leur fille. Ils savaient que sa Bernadette n'était pas moi, mais une Bernadette transformée.

Je n'avais aucun moyen de lui échapper. Si je prenais mes distances, je le sentais apprécier mon repli en connaisseur. Si je me débrouillais pour ne jamais être en même temps que lui au même endroit, mon absence l'intéressait. Si je lui parlais, il m'écoutait avec une vive attention, comme si le son de ma voix pouvait lui dévoiler quelque aspect caché de ma nature. Où que j'aille Honnimer y était. Le soir du bal des étudiants de licence, il était venu rendre visite à mes parents. En descendant l'escalier, j'ai vu les volutes de fumée familières de son cigare monter de la bergère à oreilles. Je n'étais pas la seule fille à aller à un bal d'étudiants, mais ce bal, je savais qu'il serait fixé sur le papier. Si un jour j'oubliais la couleur de ma robe, j'aurais le poème d'Honnimer pour me la rappeler.

J'avais l'impression d'avoir deux vies : la mienne propre, et celle que je menais dans l'esprit de Honnimer, cette dernière m'étant totalement mystérieuse. Certains liens sont primitifs, ceux que j'avais avec Honnimer l'étaient. Il escomptait que j'éprouve pour lui la sorte d'attraction qu'on a pour quelqu'un qui vous a vu dormir, ou pour quelqu'un qui a rêvé de vous et qui vous l'a dit. Il m'obligeait sans cesse à me demander ce qu'il savait sur moi. Et quand j'étais seule, il me privait du droit de découvrir qui j'étais.

Son dernier livre s'appelait *Le Bourgeon noir.* Je finissais ma dernière année d'université quand il a été publié. Honnimer me l'a fait envoyer par son éditeur. Je l'ai laissé des semaines sur mon bureau sans le lire. Il me rappelait que, durant trois ans, j'avais prié - prié pour que Honnimer ne vienne jamais lire ses poèmes à ma faculté. Il me rappelait les filles intenses, folles de littérature, qui avaient essayé de me mettre sur le grill à son sujet ; et, en première année, les assistants d'anglais qui m'avaient recherchée - tout cela parce qu'ils croyaient que j'avais été, que j'étais toujours la maîtresse de Honnimer.

Un soir, j'ai fini par lire les poèmes. Je ne comprenais pas la poésie moderne, en particulier celle de Honnimer. Le bourgeon noir, apparemment, était une adolescente. Dans le poème qui avait donné son titre au recueil, j'ai cru comprendre que le poète apportait le bourgeon chez lui pour voir quelle sorte de fleur il produirait. Dans un autre, le bourgeon éclos était une fille-fleur portant la robe que je portais, le Noël précédent, à la réception donnée par mes parents. Dans le dernier poème, le poète amenait la fleur dans un motel et effeuillait un à un ses pétales. À ce stade de ma vie, je n'étais encore jamais tombée amoureuse. Je n'avais jamais eu d'amant ni d'aventure. Les poèmes de Honnimer me faisaient sentir comment je marcherais, ce que je dirais, à quoi ma bouche ressemblerait après des heures passées à embrasser. Je ne pouvais plus franchir moi-même les limites de ma propre innocence. Honnimer l'avait fait pour moi.

Il s'est tiré une balle dans la tête après mon vingt-deuxième anniversaire. Mes parents m'ont envoyé les coupures de presse évoquant sa mort. Certaines citaient *Une journée aux champs avec Bernadette Spaeth*, ainsi que tel ou tel poème du *Bourgeon noir*, pour illustrer l'itinéraire poétique d'un Honnimer passé de la lumière à l'obscurité. J'ai lu ces articles dans un chalet perché sur une falaise de Casco Bay - j'avais en effet reçu une bourse pour étudier le comportement en vol des jeunes oiseaux de mer. Cela fait, j'ai pris la lettre de mes parents, mes jumelles et un carnet de notes, et j'ai rejoint mon poste d'observation, un affleurement rocheux non loin duquel il y avait un nid de cormorans.

La lettre disait qu'avant son suicide, Honnimer semblait de plus en plus déprimé. Lui et Lucy s'étaient séparés. Il s'était mis à annuler ses cours, ce qu'il n'avait jamais fait durant toutes les années où il avait enseigné. Quand il venait jouer aux échecs avec mon père, il était distrait et silencieux. En fin de compte, la seule personne dont il semblait supporter la présence était ma mère, qui lui apportait à dîner et restait de longs moments avec lui. Il avait passé la dernière journée de sa vie à la Bergmeister Collection - un ensemble de tableaux, réduit mais de grande qualité, qu'un magnat du fer-blanc avait légué à l'université. Honnimer s'était suicidé chez lui, sans laisser de mot.

La dernière fois que je l'avais vu, c'était justement à la Bergmeister Collection. Chaque fois que je rentrais de la faculté, je partais sur les traces de mon enfance en me rendant sur les lieux que j'avais fréquentés. J'allais à la patinoire. Je montais m'asseoir dans l'arbre où j'avais lu *La Biographie d'un ours gris*. J'allais à la pêche, ainsi que dans mon coin favori des champs où j'observais les faucons. Puis j'allais à la Bergmeister Collection.

Bergmeister avait légué à l'université quelques bouquets hollandais, quelques paysages anglais, un très grand Corot, quelques spécimens de l'école de la Hudson River, un retable allemand. Dans un coin sombre de la pièce, étaient accrochés quatre petits tableaux - deux siennois et deux toscans. C'étaient eux que je venais régulièrement saluer. L'un était une pietà, l'autre une crucifixion. Les deux suivants étaient des nativités. Sur celles-ci, l'enfant Jésus semblait vieux, et Marie, enfantine. Ces quatre tableaux avaient des cadres dorés et ils étaient surmontés par des petits projecteurs de cuivre. Les personnages étaient peints sur de la feuille d'or, et chacun était entouré d'un halo d'or travaillé. Si on regardait un long moment ces peintures, la pièce autour prenait la texture du velours noir. Il fallait cligner des paupières pour chasser tout cet or de ses yeux. On se détournait pour reposer un instant sa vue dans l'écrin de velours sombre, puis le tableau suivant, en luisant dans l'obscurité, capturait de nouveau votre regard.

J'étais devant la pietà, en train d'examiner les visages, frappés d'une douleur qui ne m'avait jamais semblé être celle de gens réels jusqu'au moment où j'ai vu la minuscule larme qui coulait sur la joue de Marie. Je passai à l'une des nativités quand je sentis une présence près de moi. C'était Honnimer.

- Moi aussi, ce sont ceux que je préfère, dit-il.

Je le distinguais à peine dans l'obscurité. Mon cœur me parut battre soudain très fort et j'avais le bout des doigts glacé.

Puis, lentement, il a pris forme : un long nez fin ; des yeux en amandes, noisette à la lumière ; une crinière et une barbe ébouriffées. Il se tenait très près de moi. Je sentais l'odeur d'épices qui se dégageait de ses vêtements imprégnés de fumée de cigare, et il me faisait plus peur que jamais. Qu'aurais-je bien pu lui dire ? Il s'est encore approché. Il m'a dit : « Je sais que tu vas bientôt retourner à la fac. Tu me manques constamment, mais je te garde près de moi en pensée. » Puis il s'est penché et m'a embrassée sur le front. Il me semblait qu'il était resté près de moi des heures, mais ce n'avait probablement duré que quelques secondes. Puis il s'est éloigné, laissant sur mon front, à l'endroit où s'étaient posées ses lèvres, un cercle chaud. Quand j'ai été sûre qu'il n'était plus dans le bâtiment, je suis rentrée chez moi. En chemin, je me frottais sauvagement le front là où il m'avait embrassée.

*Cette nouvelle a paru, dans* The New Yorker*, sous le titre original « A Girl Skating »*

## La vie en lunettes roses

Il était une fois un professeur d'université nommé Thorne Speizer. Sa femme était constamment défoncée, et elle adorait ça. Sa femme, c'était moi. Ma drogue de prédilection n'était pas sophistiquée : c'était la bonne vieille marijuana. À l'époque c'était tout ce qu'une personne ordinaire pouvait se procurer. Quand les drogues sont devenues plus intéressantes, je me suis sentie trop vieille pour changer. Inébranlable, je restais fidèle à la mienne, sauf quand un peu de hasch opiacé croisait ma route, ce qui n'était pas souvent.

Quand je l'ai rencontré, Thorne était maître-assistant. Je suivais son cours, « Introduction à l'histoire de l'Europe moderne », non par choix mais parce qu'il était obligatoire. Thorne avait vingt-sept ans, et il était aussi rigoriste qu'un Jeune-Turc. J'avais vingt et un ans, et la seule chose qui m'intéressait, c'était la défonce. Assise au fond de l'amphi, je regardais mon prof en me demandant comment je pouvais le coincer pour l'inviter à une hasch-partie. J'aimais l'idée de semer le désordre dans la vie d'un adulte. Thorne était plus vieux que moi et il avait un métier, ce qui en faisait à mes yeux un vrai citoyen. Il avait aussi une silhouette extrêmement agréable, un beau sourire et d'épais cheveux châtains. Son attitude au cours strictement professionnelle et un peu condescendante me donnait la chair de poule.

J'employais les tours que les filles du lycée utilisaient pour déstabiliser le remplaçant de maths. Je regardais fixement sa braguette. Puis je reportais sur le reste de sa personne des yeux écarquillés et stuporeux. Sans résultat, je dois dire. En désespoir de cause, je me résolus à jouer la carte de l'admiration éperdue. Je me mis à sourire d'une façon que je croyais prometteuse et tentatrice.

Thorne, en fin de compte, était une proie plus facile qu'il n'y paraissait. Il n'attendait qu'une chose : que je ne fusse plus son élève pour me sauter dessus. Nous sommes donc sortis ensemble. Comme j'étais invariablement chargée, je ne me suis pas aperçue que je perdais le contrôle de la situation. Je ne cherchais qu'à m'amuser un peu. Thorne souhaitait se marier. Un après-midi paresseux, alors qu'un peu d'herbe de bonne qualité s'était présentée à moi, je sentis qu'une personne sans ambitions ni but devait faire autre chose dans la vie que fumer de la marijuana, et que le mariage était une alternative possible. De plus, j'étais folle de Thorne.

Le jour de mon mariage, j'étais déchirée. Debout devant la glace dans ma robe de mariée, je regardais avec gourmandise le joint que j'avais à la main. Tu ne dois pas fumer un jour comme celui-ci, me dis-je en l'allumant. Si tu dois franchir le pas, c'est la dernière chose à faire, continuai-je en inhalant à fond.

Vous imaginez les difficultés d'approvisionnement qu'avait en ces temps sombres une jeune innocente, et les individus peu recommandables sur lesquels elle tombait. Ces types, sans conteste, préféraient vendre des drogues dures genre héroïne ou cocktail barbituriques-amphétamines. Ils étaient déconcertés par mes allures de petite étudiante sage en loden et mocassins. Au début, ils croyaient que j'appartenais à la brigade des stups. Une fois habitués à moi, ils insistaient pour que je tende le bras et que je me shoote avec eux. Une offre que je déclinais. Les canaux par lesquels on remontait à ces individus étaient si ramifiés que lorsqu'on arrivait enfin à les trouver, on avait oublié où et comment on les avait trouvés la première fois. Au bout d'un certain temps, ils mouraient, ou disparaissaient, ou se faisaient prendre, et on était réduit à utiliser les services d'un lycéen boutonneux et hypernerveux qui, en période d'examens, vendait des amphets et un mélange d'herbes maison qui vous laissait des bourdonnements d'oreilles et la migraine.

Bien entendu, je n'ai pas dit à Thorne que j'usais de cet hallucinogène doux mais illégal. Il eût été horrifié. Ou du moins, je me plaisais à le croire. Je me sentais, de ce fait, d'autant plus libre. Thorne s'occuperait de tout ce qui était ennuyeux, et moi, je planerais, décidai-je. Je fumais dès qu'il quittait la maison ou la pièce. Je fumais dans la voiture, aux waters, au grenier, dans les bois. Je remerciais le ciel de ce que Thorne, comme la plupart des enfants privilégiés, fût six mois par an affligé d'une rhinite allergique qui l'empêchait de sentir l'odeur du hasch dans la maison. Et bien sûr, il ne remarquait jamais que j'étais défoncée puisque je n'avais cessé de l'être depuis notre première rencontre.

Thorne m'emmena vivre à la campagne. Il avait été nommé dans un institut universitaire exclusivement masculin où, à mon sens, ne devait circuler aucune drogue. Qu'il pût me traîner dans un tel lieu était symptomatique de l'état de dépendance amoureuse dans lequel il m'avait mise. Cependant, en parcourant le campus des yeux, je notai immédiatement un certain nombre de regards un peu fixes, de gloussements niais et de sourires vagues. Il ne me fallut pas longtemps pour localiser mes frères de défonce.

En ces temps-là, on encourageait les professeurs à établir des « contacts constructifs » avec leurs étudiants. Détournant ce vocable à mon profit, je prenais mes contacts par téléphone, échangeant les propos éminemment constructifs suivants :

- Salut, Kenny. J'appelle trop tôt ?

- Hey ! Wouah ! Non, Mrs. Speizer.

- Dites, Kenny, vous ne voulez pas m'appeler Ann, tout simplement ?

Je n'avais que trois ans de plus que Kenny mais être mariée à un membre du corps enseignant faisait automatiquement de moi une espèce différente.

- Wow ! Alors, je vous appellerai Mrs. Ann.

- Écoutez, Kenny. Pourrions-nous nous rencontrer aujourd'hui même ? J'ai à parler affaires avec vous.

- Tout de suite, Mrs. Ann. Je vous retrouve à six heures devant la supérette.

C'est ainsi que cela se passait à l'époque. On rencontrait son « fourgue » dans des endroits où on passait inaperçu, comme le supermarché. Il posait discrètement un petit paquet enveloppé de papier d'argent sur votre sac rempli de provisions, et vous lui glissiez l'argent. Il fallait un certain culot pour faire ça. De plus, l'administration de ces instituts universitaires était obsédée par l'idée que les garçons et les filles pouvaient coucher ensemble. Elle présumait que les garçons s'envoyaient en l'air avec les filles au physique ingrat de l'université la plus proche - quinze bons kilomètres - qui étaient pourtant soumises à un strict couvre-feu. Ou que, faute de mieux, ils ne pensaient qu'à se ruer sur les épouses du campus. On pouvait diviser celles-ci en deux groupes : les mères de famille (trois enfants étaient la norme) enjouées et rouges de santé, dotées d'une maîtrise quelconque, de revenus personnels, de voitures étrangères et de dix ans de mariage ; ou les femmes plus âgées, dotées de cheveux gris, de grands fils, de vieux manteaux de fourrure et de station-wagons. Les femmes du second groupe buvaient trop de sherry aux réceptions et elles étaient très, très éteintes. Les deux espèces d'épouses jouaient au tennis et leurs intérieurs dégageaient cette puissante odeur d'encaustique mêlée à autre chose que mon dernier « contact », Lionel Browning, nommait « l'inévitable fumet WASP[1] ». Les deux espèces d'épouses considéraient les étudiants comme des animaux. Elles ne m'aimaient pas beaucoup non plus.

Il faut dire que j'avais une allure impossible : je portais de petites lunettes roses, des blue-jeans, des bottes bien cirées et des chemises d'homme. Le soir, j'arborais des jupes extrêmement courtes, anticipant la mode de deux ou trois ans. Je conduisais trop vite, je n'étais pas enceinte et j'adorais écouter le Top 40. J'inquiétais les épouses des membres du corps enseignant, sans doute parce que je savais des choses qu'elles ignoraient. À mon âge, elles avaient déjà produit une petite Amanda ou un petit Jonathan, et elles étaient prêtes à mettre en route petit Jeremy ou petite Rachel. Elles portaient ce que portent d'ordinaire les femmes adultes, et elles donnaient des thés et des bridges. Dans la vie de ces femmes, le mot « drogue » désignait exclusivement ce qu'elles refilaient à leurs gosses quand ils étaient malades : un comprimé d'aspirine à croquer au goût d'orange. Elles ne battaient pas le campus en quête de quelqu'un pour les ravitailler.

Les épouses les plus âgées adoraient Thorne. Elles lui disaient : « Bonté divine, Thorne, est-ce qu'Ann n'a pas froid aux jambes avec ces petites jupes ? » et : « Bon sang, Thorne, j'ai vu Ann foncer en auto avec la radio à fond ! » Ces femmes n'avaient jamais rencontré quelqu'un comme moi ; mais des années plus tard, après quelques émeutes sur les campus, elles devraient se frotter à une masse de mes clones - autrement plus virulents et plus hostiles que moi. Ma position privilégiée entre le monde des étudiants et celui des professeurs me permettait de constater que les seconds détestaient les premiers ; comme les lourdes grilles du monde

1. White Anglo-Saxon Protestant.

adulte ne s'étaient pas encore refermées sur eux, on les considérait comme des incapables dépourvus de tout droit.

On supposait que Thorne était marié à une fille à qui il ne fallait pas en promettre, mais personne ne savait exactement ce que recouvrait ce « en ». Cette ambiguïté plaisait à Thorne ; avoir une femme trop voyante ne le gênait pas dans la mesure où elle n'avait jamais péché par inconduite et ne lui avait jamais fait de peine. Mais j'avais l'allure de quelqu'un qui *pouvait* se mal conduire, ce qui le ravissait en secret. Mon image n'était cependant pas pour moi une préoccupation majeure. En revanche, chercher à me procurer une herbe correcte en était une.

Trouver un fourgue sur le campus était une tâche pénible. Tout le monde était paranoïaque. J'avais de la chance de ne pas cumuler mes soucis et les ennuis d'argent - un petit héritage personnel me permettait d'entretenir gentiment mon penchant. J'étais une bonne cliente une fois que j'avais réussi à trouver un fournisseur - la plupart du temps un garçon furtif à face de rat. Ces jeunes qui, plus tard, passeront leur vie estudiantine à fumer allègrement joint sur joint dans les cinémas de banlieue étaient une espèce encore inconnue sur le campus. Leur apparition sera d'ailleurs pour nous, les clandestins, un vrai soulagement. Le fourgue de l'époque dont je parle était une espèce extrêmement volatile. Il se faisait virer de l'université ou il abandonnait ses études. Exceptionnellement, il obtenait sa licence. Résultat, je passais de main en main, un nombre indéterminé de garçons peu recommandables se refilant ma clientèle - par exemple le répugnant Steve, qui geignait et reniflait continuellement et vendait une herbe d'une qualité très médiocre. Steve finit par se faire virer, et un autre garçon déplaisant du nom de Lester Katz me récupéra. Il était le coursier de Lionel Browning, or Lionel Browning était ce qu'il me fallait.

Lionel, qui permettait aux intimes de l'appeler Linnie, s'était contenté de bricoler durant ses trois premières années de fac. Puis, en dernière année, il avait percé ; après s'être ravitaillé pour son seul usage personnel, il fournissait maintenant une herbe de qualité à des camés de qualité - en nombre suffisant pour rendre son petit commerce lucratif. Le père de Lionel était cadre supérieur dans une société qui possédait des filiales à l'étranger. Lionel avait passé son enfance en Colombie, à Hong Kong et à la Barbade, trois lieux célèbres pour l'excellence de leur cannabis. Sa présence à la fac était discrète. Il habitait en dehors du campus et, à part mon mari dont il était l'étudiant préféré, il ne fréquentait presque personne. Personnellement, je ne l'avais jamais vu ; il me faisait livrer la marchandise par Lester, accompagnée d'un message oral cérémonieux du type : « Mr. Browning espère que vous apprécierez cet échantillon. » Ça tuait Lester de devoir appeler Lionel « Monsieur », et, à en croire Lester, ça tuait Lionel que la femme du professeur Speizer fût une camée aussi enthousiaste. Quand le petit rat me rapporta ce commentaire, je plongeai mes yeux dans ses yeux en boutons de bottines en me disant que j'avais intérêt à rencontrer personnellement ce Lionel Browning. En effet, il aurait pu avoir l'intention de me faire chanter. Ou, au mieux, se révéler un horrible faux-jeton capable de s'approcher furtivement de son professeur préféré après le cours et de lui glisser : « Soyez tranquille, monsieur, cette drogue que j'ai fournie à votre femme est de premier ordre. »

Lionel vivait en ville, dans une maison à charpente de bois. Sur le campus même, les chambres d'étudiants étaient très luxueuses - des suites avec cheminées et fenêtres à petits carreaux. Mais les types qui vivaient hors campus se considéraient comme le haut du panier. Soit ils prenaient des drogues, soit ils voulaient baiser tranquillement, soit ils étaient des grosses têtes qui ne supportaient leurs camarades qu'à doses infinitésimales.

Lionel habitait au dernier étage. J'avais, bien sûr, pris rendez-vous avec lui. En montant l'escalier, je me disais qu'il était probablement le calibre au-dessus - mais tout juste - de ces avortons peu attrayants qui m'avaient fournie jusqu'alors. Je fus surprise en le voyant. En fait, il me ressemblait un peu. Il était blond, grand, et délicatement charpenté ; il portait un blue-jean, des mocassins à glands, une chemise blanche et un pull bleu - la réplique presque parfaite de ce que moi je portais. Avec un beau sourire un peu asymétrique il m'offrit un joint, et je sus que, pour une fois, j'avais trouvé ce que je cherchais.

Lionel ne plaisantait pas. Il avait des briques, de la taille du magazine *Survey of English Literature*, des briques de marijuana enveloppées d'une feuille de plastique noir scotchée de noir. Sous un de ces emballages, apparut un pain rectangulaire d'une herbe voluptueusement humide d'un brun vert mordoré - un spectacle grisant. Par la suite, ce fut toujours un plaisir pour moi d'aider Linnie à purifier cette belle came. On étalait des journaux au sol et on la vidait dans un tamis au réseau peu serré. Le résidu de cette opération, Linnie le vendait à ceux qu'il appelait la lie.

Il entendait par là presque tout le monde sur le campus. La crème, c'était les gens qu'il aimait bien. Sa propre famille, il la définissait comme une espèce végétale à la limite du minéral, comme en produit le sol lunaire. Ils étaient quatre enfants, tous blonds, chacun doté d'un surnom : Leopold (Leafy), Lionel (Linnie), Mary Louise (Mally), et Barbara (Bumpy, ou Bumps). Sa famille et la pensée de leurs joyeuses sorties familiales, de leurs joviales traditions familiales le rendaient fou. Pour l'oublier, il planait aussi souvent que possible, ce qui était très souvent.

En matière de dope, tout dépend sur quoi on met la main au tout début. J'y ai tâté la première fois à Paris, l'été avant d'aller à l'université. J'étais passée voir les fils charmants d'amis de mes parents, et ce sont eux qui m'ont branchée. On m'avait envoyée là-bas pour élargir mes horizons culturels et parfaire mon français. Objectif atteint puisque j'y ai appris à dire : « Oui, ce kif africain est absolument divin. En avez-vous encore ? Il m'en faudrait beaucoup, cette fois-ci. Disons le contenu d'une boîte d'allumettes. C'est combien ? »

Les charmants garçons que j'étais passée voir revenaient tout juste d'Espagne. Consommateurs monstres, ils possédaient des stocks monstres. Ils étaient heureux, métaphoriquement parlant, de mettre leurs patoches sur une ardoise vierge - moi, en l'occurrence, sujet réceptif s'il en est. Le hasch, me dirent-ils, aide formidablement si on veut faire des expériences mentales amusantes. Il induit des pensées originales et des intuitions brillantes. Il libère l'esprit, abolit les censures et nous rapproche ainsi de l'état naturel - l'esprit à l'état « naturel » étant totalement ouvert à l'absurdité du monde. Il sollicite tous les sens et donne une saveur particulière à la musique. Bref, il vaut la peine d'être essayé. Complètement défoncés, on allait au cinéma et écouter du jazz ; ou bien on restait chez eux à discuter des heures entières - ou quelques minutes, la durée étant la chose au monde la plus difficile à évaluer quand on plane. C'était plus amusant que tout ce que j'avais pu imaginer ; aussi, quand j'ai entamé ma première année de fac, eus-je un choc en découvrant mes frères de défonce. Mes frères de défonce étaient mornes, lointains, inexpressifs - comment pouvait-on planer muet ? - et absolument pas drôles. C'est pourquoi, jusqu'à ma rencontre avec Lionel, je fumais seule.

Je découvris en Lionel mon alter ego. Tout naturellement. Défoncés, nous étions deux paires d'yeux et un seul cerveau. Nous étions tout simplement faits pour planer ensemble. Nous avions exactement la même approche de notre chère substance. Nous aimions allumer un joint et parcourir ensemble un paysage mental et explorer les visions qu'il pouvait susciter en nous. Souvent, avec la même fascination qu'on regarde la télévision, nous regardions ce que nous appelions le *Jill and Bill Show.* C'est ainsi que nous définissions la vie d'un couple marié de nos relations, Jill et Bill Benson. Jill et Bill vivaient hors du campus, faisaient leur propre pain, leur propre confiture et leurs bougies, et ils se tricotaient mutuellement des pull-overs. Tous deux étaient extrêmement riches et aimaient donner des réceptions où ils servaient d'horribles hors-d'œuvre maison et un vin ordinaire imbuvable. Linnie et moi avions composé à leur intention une comédie musicale intitulée *C'est simple ! Grâce à mes fonds de sociétés*. Nous avions surtout travaillé la première scène : Jill et Bill sont dans la cuisine de leur horrible appartement. Jill tricote. Bill remue une bassine de confiture. Un groupe d'étudiants ordinaires passe devant leur fenêtre ouverte. « Jill et Bill, disent-ils, comment faites-vous pour mener une vie aussi cool, aussi sensass, aussi proche de la terre ? »

Jill et Bill, en se tenant par la main, venaient se placer au centre de la scène et roucoulaient d'une seule voix : « C'est simple ! Grâce à mes fonds de sociétés. » Puis le chœur reprenait ce refrain. Une conversation que Jill avait eue avec Linnie à la cafétéria était à l'origine de notre *Jill and Bill Show*. Jill avait confessé à Linnie qu'elle n'avait que « de modestes fonds en fidéicommis ».

Jill et Bill semblaient cependant, d'une certaine façon, vivre des temps difficiles. On les avait vus se chamailler. On avait vu Jill en larmes à la supérette. Ils semblaient malheureux. Jill était partie seule faire du ski. Personnellement, je n'avais aucune patience avec Jill et Bill. J'étais convaincue qu'avec tout cet argent, ils auraient dû acheter des pulls tricotés à la machine et servir des confitures mangeables achetées chez l'épicier. Bien plus, je trouvais qu'ils cultivaient un misérabilisme suspect en vivant là où ils vivaient au lieu d'acquérir une de ces propriétés enchanteresses dont la campagne pullulait. L'acquisition d'une maison de campagne devint notre cri de ralliement - la réponse à tous les problèmes de Jill et Bill.

- Oui, mais quelle est la nature de leurs problèmes ? se demandait tout haut Linnie en roulant un joint colossal.

- Ils sont tous deux petits et noirauds. C'est sans doute ça, dis-je.

Je tirai une bouffée monstre propre à lever toutes mes inhibitions.

- La nuit, ils doivent se voir tels qu'ils sont, et le matin, ils sont trop déprimés pour pouvoir entretenir des rapports « positifs ». Qu'en penses-tu ?

- Je crois que Jill et Bill sont une sorte de végétal à fibres enchevêtrées, dit Linnie. Je pense qu'une fois au lit, ils comprennent qu'ils ressemblent à ce truc dont on fait les paillassons. À l'évidence, cela a un effet débilitant sur eux. Ça doit être ça qui cloche. Qu'en penses-tu, Mrs. Ann ?

- Une maison de campagne, dis-je. Il faut qu'ils achètent une maison de campagne avant qu'il soit trop tard.

Ce fut le début de notre courrier du cœur imaginaire, *Ask Mrs. Ann*, dont j'étais censée tenir la rubrique. Je devais répondre à toutes les questions qu'on pouvait se poser à propos de ces pauvres Jill et Bill, qu'on plaçait dans les situations les plus pathétiques. Mais aussi bien Linnie que moi-même pouvions jouer le rôle de Mrs. Ann. L'un d'entre nous disait par exemple : « Répondez à ceci, Mrs. Ann : Jill et Bill viennent d'avoir un bébé. Ce bébé est noir, ce qui est bizarre vu que ni le père ni la mère ne le sont. Naturellement, cela cause un certain trouble dans le ménage. Ils ne comprennent tout simplement pas comment cela est arrivé. En plus, le bébé a les pieds palmés et des nageoires, que Jill trouve attendrissants. Bill, moins. Dans l'intervalle, Jill a acheté un mouton et un métier à tisser. C'était son rêve de gamine de tisser la laine de son propre mouton. Mais le mouton devient fou furieux et mord Bill. Dans la mêlée qui s'ensuit, le métier à tisser s'effondre, disloquant l'épaule de Jill. Dans l'intervalle, à l'hôpital où on lui a posé quarante points de suture à la cuisse, Bill s'entend dire qu'on doit lui enlever les amygdales. En sortant du bloc, il découvre avec horreur qu'on l'a amputé du bras gauche - or il est gaucher. Jill est d'avis qu'ils doivent attaquer le chirurgien. Mais Bill découvre à sa grande surprise qu'il a signé l'autorisation d'amputation avant d'être opéré. Comment cela a-t-il pu se produire, il n'en a pas la moindre idée. Cette terrible erreur a au moins un aspect positif : à l'hôpital, en remettant en place l'épaule disloquée de Jill - dont le nom de jeune fille est Michaelson -, on diagnostique chez elle une maladie très rare nommée le "syndrome de Michaelson", qui affecte tous les membres de sa famille. Ce syndrome transforme le cerveau en quelque chose qui ressemble à de la purée d'épinards. À trente ans, elle aura tout oublié de ces catastrophes à répétition survenues dans leur vie car elle aura régressé à un stade primaire qui la poussera à jeter ses propres excréments à la tête de tout le monde. Que doit faire le couple dans une telle situation ? »

Le remède de Mrs. Ann ? « C'est simple ! Acheter une maison de campagne. » Nous passions des heures à élaborer de nouveaux scénarios catastrophe autour de Jill et Bill. Comme le savent tous les utilisateurs, même occasionnels, de marijuana, celle-ci fausse la notion du temps. Une chanson de rock-and-roll semble durer une heure quand le mouvement d'une symphonie est avalé en quinze secondes. Pour moi, le temps avait une forme - allongée et sinueuse comme une écharpe de mousseline flottant à la surface d'un immense toboggan d'eau ; ou oblongue et glissante comme un ballon de football américain enduit de graisse et insaisissable. Je rentrais tard chez moi en oubliant complètement de faire les courses. Puisque j'avais librement choisi de devenir la ménagère attitrée de Thorne, il avait toutes les raisons de se mettre en colère contre moi. Mon problème, croyait-il, venait de ce que j'avais une aventure.

Avouer à son mari qu'on couche avec un autre homme est une chose. Mais lui avouer que depuis votre première rencontre, vous êtes sous l'influence d'une substance, aussi douce soit-elle, qui altère le cerveau en est une autre, autrement plus délicate. Confesser qu'on a passé un après-midi ou deux dans les bras d'un amant n'est rien en comparaison. Rien !

Que devais-je faire ? Apparemment, mon seul talent dans la vie consistait à planer. Cela, je savais le faire comme personne. Officiellement - puisque tout le monde est censé avoir un talent quelconque - j'étais censée avoir un don pour le dessin. Chaque jour, je montais au grenier, j'allumais un joint et je remplissais maniaquement une grande feuille de papier à dessin blanche de minuscules gribouillages noirs. Cela n'était pas mon idée d'une occupation sérieuse. Ce n'était même pas mon idée d'un passe-temps. Bien sûr, tout le monde sait que dessiner quand on est défoncé est toujours amusant, mais cela ne me rendait que plus évidente ma vraie vocation : planer, et rien d'autre.

Ainsi, quand le dîner était servi en retard, ou quand moi je rentrais en retard, quand j'avais oublié de faire quelque chose que j'avais promis de faire, Thorne se montrait agacé, mais il se gardait bien de me faire une scène. Après tout, être potentiellement dangereuse faisait partie de mes attributions. À bien des égards, Thorne me maniait avec précaution, comme si j'étais une bombe à retardement qui risquait de lui exploser à la figure. Il ne voulait pas tenter le sort, le pauvre chéri, car il était fou de moi et craignait que je disparaisse s'il me poussait à bout. C'était la façon dont s'équilibraient les plateaux de la balance dans notre mariage. Quand je voyais qu'il allait exploser, je le regardais avec une flamme dangereuse dans le regard, ou je le faisais rire, ce qui était l'une de mes fonctions. L'autre était de me tenir correctement en public.

Comme j'étais constamment défoncée, je tentais en toute situation de me conduire comme la reine Victoria. Ce qui me faisait probablement passer pour légèrement fêlée. Dans l'exercice de mes fonctions officielles, j'étais souriante et muette - personne ne savait que j'étais bavarde comme une pie dans l'intimité. Sur le campus, la forme de mondanité la plus répandue était le dîner. Je les trouvais toujours très drôles - évidemment, dans mon état, lugubre ou drôle, je ne faisais pas la différence. Thorne les trouvait très ennuyeux, et, en situation, je faisais tout pour le dérider. Si on était assis l'un à côté de l'autre à table, je souriais à la personne placée en face de moi tout en faisant à Thorne des choses sous la table. À ces réceptions, j'avais tendance à sourire beaucoup. Cela troublait Thorne. Sous son aménité de circonstance, je percevais une grimace suppliante - « Mon Dieu, faites qu'elle ne dise pas ce qu'elle m'a dit hier à la maison », semblait-il penser. Ce que j'avais dit dans l'intimité ? Par exemple que, pour son anniversaire, on devrait envoyer au recteur un prostitué mâle travesti - noir, bien entendu. Ou que je croyais que le professeur X volait des vêtements de femme dans une laverie automatique de la ville, et qu'il arpentait les rues la nuit vêtu d'une blouse de ménagère à petites fleurs. Ou que je savais pourquoi il ne fallait pas laisser le professeur Y seul avec son propre petit garçon de trois ans. Et autres horreurs... Mais en public, j'étais sage comme une image, me contentant de lancer de temps à autre à Thorne un regard qui le faisait frissonner - juste pour le stimuler.

Une seule fois, il m'est arrivé de parler - je veux dire, d'émettre autre chose qu'un ronronnement indistinct et approbateur. Nous étions invités chez le directeur de l'unité de formation et de recherche. C'était un dîner très formel et exceptionnellement ennuyeux malgré le triple verre Securit de marijuana dont j'avais pris soin de m'entourer. Thorne avait l'air d'un homme qui se noie. Moi, une certaine envie commençait à me démanger. Quand je n'y tins plus, je m'excusai pour aller aux toilettes où j'allumai le joint monstrueux que j'avais dans mon sac ; j'en tirai quelques bouffées. C'était le superbe cannabis colombien de Lionel, d'une efficacité sans égale. En redescendant, je me sentais extrêmement brillante. La femme du directeur était en train de parler de sa nièce, Allison, une cavalière accomplie. Le mot « cheval » fit tilt, car il évoquait un flash que j'avais eu précédemment. J'avais quelque chose à dire à ce propos. Comme je n'ouvrais jamais la bouche - ou presque - tout le monde se tut pour m'écouter.

- La relation spatiale de l'homme avec le cheval est l'une des plus déroutantes et trompeuses qui soit, m'entendis-je dire. Un cheval, ou bien on est assis dessus, ou bien on est couché dessous - après la chute ; il est donc impossible d'évaluer sa taille par rapport à l'homme. Et qu'on ne vienne pas me dire qu'il en va de même s'agissant de la voûte d'une cathédrale, lançai-je avec force. Il s'agit là d'un rapport spatial d'une tout autre nature.

Je me tus. Il y eut un long silence. Je méditais sur ce que je venais de dire, qui me paraissait être plus intéressant que tout ce qui s'était dit jusqu'alors. Thorne avait les yeux qui lui sortaient de la tête. Personne ne pipait mot ni ne mangeait. Embrassant la table d'un regard circulaire, je fis à l'assemblée un sourire suave que je n'adressais à personne en particulier, et retournai à mon dîner.

La maîtresse de maison finit par dire :

- Très intéressant, Ann.

La conversation reprit, ou plutôt, un ruban sonore qui se déroulait au-dessus de ma tête et ne m'empêchait nullement de dialoguer avec moi-même, sans interruptions extérieures intempestives.

Plus tard, une fois chez nous, Thorne me demanda :

- Qu'est-ce que c'était que ce charabia, à table, sur le cheval et l'homme ?

- Si c'était du charabia, je le pensais sincèrement, répondis-je gravement.

L'avantage, quand on est constamment défoncée, c'est que la vie défile sans fin devant vos yeux, comme les poteaux télégraphiques sur l'autoroute. Comme on n'a aucun projet précis, on a l'impression, si tout va bien, que rien ne changera jamais, ou, si tout va mal, que cela finira un jour par s'arranger.

Un seul regard sur le campus ne suscitait pas, chez la tendre et jeune épouse que j'étais, des visions d'avenir très roses. Il était clair que ceux qui s'amusaient n'étaient pas les adultes. Thorne et moi, de tous les membres du corps enseignant, étions le couple le plus jeune. Un poste d'observation idéal - pour moi, du moins. Les couples un peu plus âgés que nous avaient des voitures à bout de souffle, des enfants malades et des dettes. Ou, s'ils n'avaient pas ces soucis, ils avaient une fortune personnelle et ils devenaient poseurs. Quelques années plus tard, on les surprenait en train d'embrasser l'épouse, ou l'époux des autres dans les cocktails. Ou pire, on les découvrait sous une pile de manteaux occupés à se consoler mutuellement d'être mal assorti à son (ou sa) légitime, dans la chambre des maîtres de maison au réveillon du jour de l'an. Beaucoup, beaucoup plus tard, après une vie de dissensions conjugales, on les voyait se prodiguer l'affection bourrue qu'ont l'un pour l'autre deux anciens combattants qui ont fait la guerre ensemble.

Certains mariages ne semblaient tenir qu'avec deux cure-dents pour toutes béquilles. Dans d'autres, la femme était présente mais dépourvue de fonctions, comme un organe atrophié. Alors le mari, fatigué nerveusement par son double rôle de père et de substitut de mère auprès des petits Émilie, Mattew et Thabita, combiné à la lourde charge d'enseignant, craquait : il avait une aventure à Boston avec une étudiante fraîchement diplômée qu'il ne pouvait voir qu'un week-end sur deux.

L'idée que Thorne et moi pourrions devenir comme ces gens me terrifiait au point que je n'avais d'autre choix que de me défoncer au plus vite. Quelque chose m'arriverait, ou rien ne m'arriverait, me disais-je. En tout cas, mieux valait oublier le temps en dérivant en compagnie de Lionel Browning, un type bien et un camé superbe pour lequel, sexuellement parlant, je n'éprouvais pas une once d'attirance. Le parfait copain. Était-ce là tromper Thorne ? me demandai-je. Oui, en quelque sorte, admis-je, dans la mesure où il ne savait pas que je passais presque tout mon temps avec Linnie. Mais d'autre part, Linnie obtiendrait bientôt sa licence, et il me fallait, si j'ose dire, en tirer profit tant qu'il était là.

Au printemps, Thorne partit assister au congrès de la *Historical Society* et je partis pour Boston avec Linnie, qui comptait s'y fournir - une aventure dont la perspective me ravissait. La vie ne m'en réservera pas beaucoup de la sorte, me disais-je. La pureté de mon amitié avec Linnie n'était jamais entachée par la pensée des innombrables motels qui bordaient la route jusqu'à Boston. Notre mission n'avait rien à voir avec le sexe.

On rendit visite à un dealer nommé Marv Fenrich (oncle Marv, comme il tenait à être appelé), qui était une sorte de légende. La légende voulait que ce type, jadis brillant, fût réduit à vendre de l'herbe aux étudiants du fait de l'abus qu'il avait fait du speed - un produit qui avait transformé sa cervelle en crème à raser, disait-on. À plusieurs reprises, il avait tenté de fourguer des amphétamines à Linnie, qui avait toujours refusé. Le mélange dit « cocktail spécial examens de l'oncle Marv », un mélange de 5 mg de Dexamyls, de 10 mg de Benzédrine et de quelque chose qu'il nommait « l'amphétamine football », laissait mon ami de glace. Tout comme la mescaline proposée : « Comment, tu n'as pas essayé la mescaline sur le campus ? Un truc pas mal du tout. Peut-être destiné aux gens sans imagination, mais il faut être réaliste, pour ceux-là, un laboratoire pharmaceutique suisse trouvera toujours la parade : il leur fournira de l'imagination en comprimés. C'est pas beau, ce que la science moderne peut faire pour vous ? Laisse-moi te dire une chose : ce truc va faire un malheur. L'oncle Marv va se faire un maximum de shekels avec dès qu'il aura mis au point la formule. L'oncle Marv te le dit : les rues de Boston et de Cambridge, Massachusetts, vont grouiller de petits garçons et de petites filles en hyperventilation qui auront des visions. Mais attends : tu vois cet acide lysergique ? Pas mal non plus. Dieu bénisse les Suisses. Maintenant, Linnie... » Il farfouilla dans divers tiroirs. « Que dis-tu de ces petites pilules rouges, hein ? Elles sont idéales pour se calmer après les examens. Personnellement, je trouve qu'elles s'imposent après l'abus de speed, et crois-moi, je sais ce que je dis. Ça te calme, ça tire le serpent hors de ton organisme. L'oncle Marv aime beaucoup ces sublimes petites pilules rouges. » Il fit une pause et me jeta un regard froid. Même à ses yeux de fou furieux, il était clair que j'ignorais totalement de quoi il parlait. « Seconal, dit-il. J'aime les gens qui avalent ces petits rouges : ce sont des humains authentiques, des gens qui n'ont pas peur d'avouer qu'ils sont *très, très nerveux*. T'en veux, Linnie ? Bon, d'accord, c'est non. Mais toi et cette authentique petite étudiante n'êtes pas ici pour faire la conversation avec l'oncle Marv. Vous êtes ici pour le business. Du hasch pour Linnie, et plein de shekels pour l'oncle Marv. Bon, Linnie : le hasch que je veux te faire essayer est sublissime. Toi et cette authentique petite étudiante, vous allez me le goûter sur-le-champ. C'est de l'herbe colombienne de premier ordre. La classe colombienne : regarde-moi cette beauté... Ah, au fait, j'ai aussi des tranquillisants pour chevaux. Ça t'intéresse ? Plus que sublissime. T'en prends un et tu te retrouves par terre, tout gémissant ; ce que tu veux, c'est de l'aide et de l'amour. L'oncle Marv aime beaucoup ces nouvelles pilules. Il les trouve très intéressantes. »

Il nettoya de la manche un coin de table de cuisine et se mit à rouler plusieurs joints absolument parfaits. C'était une herbe extrêmement sublime et Linnie en acheta un kilo.

« Tu verras, Linnie, tu m'en remercieras. Je ne te vends que du premier choix. » Linnie paya et l'oncle Marv nous offrit à chacun un comprimé de Benzédrine. Pour la route.

Quand Thorne revint de son congrès, le couperet jusqu'alors délicatement posé sur ma nuque tomba brusquement. Ce moment marqua la fin de mon ancienne vie et le début de la nouvelle.

Thorne m'avait appelée toute une nuit de Chicago et je n'étais pas là.

- Tu couches avec Lionel Browning, m'assura-t-il.

- Je n'ai jamais posé la main sur lui, affirmai-je.

- Voilà une locution intéressante, Ann. Tu restes simplement étendue là et c'est lui qui te tripote de ses mains sales de petit étudiant ?

- Exact, dis-je. J'avais le pain et le couteau. Je suis souvent étendue là, comme tu dis, et je laisse pratiquement toute l'université passer ses mains sales sur ma personne. Souvent en présence des membres du corps enseignant, tels que ton collègue Jack Sacks. J'invite parfois la femme du directeur de l'unité de recherche : je la laisse, elle aussi, me tripoter.

L'effet du joint merveilleux que j'avais fumé une demi-heure auparavant commençait à se dissiper. J'avais un début de migraine et une forte odeur de lavande dans les narines. Je gardais mon herbe dans mon tiroir à culottes, où j'avais éparpillé des sachets de cette fleur. Mon tiroir à chaussettes n'était pas parfumé, et j'y avais planqué un petit paquet de hasch africain que je mourais d'envie d'essayer. La vision de mon avenir me déprimait : j'approchais de la cinquantaine. J'avais de grands enfants. J'allais chez le coiffeur dont je ressortais crêpée à mort. J'apportais ma contribution à quelque œuvre de charité. Je portais une robe en tricot, comme la femme du recteur de l'université. Et, frénétique, j'appelais de toutes les cabines du comté tel ou tel boutonneux exerçant son commerce sur le campus : « Allô ? Kenny ? Steve ? Brian ? C'est Mrs. Speizer. Vous avez quelque chose pour moi ? »

À un stade à peine plus avancé, je ne me souciais même plus d'aller chez le coiffeur. J'étais installée dans la ménopause, mais toujours accro. Je m'enfermais dans les toilettes pour allumer un joint. Thorne avait été nommé directeur de son département dans une quelconque université. Je lui prêtais une voix et un style télégraphique qui n'étaient pas les siens.

« Mon épouse dit des choses bizarres. Me demande où elle va chercher tout ça. Elle sort à des heures indues et engage de drôles de zigs pour tondre la pelouse. Me demande où elle les trouve. »

De fait, je n'avais jamais eu de pensée plus déprimante. Quand on plane sans redescendre, on ne se demande jamais ce que la vie vous réserve. Un gros joint m'attendait dans la poche de ma veste. Je mourais d'envie de le fumer. Quelque part près de moi, rôdait la vie adulte. Je pouvais sentir son souffle sur mon cou. Une femme de professeur fume constamment du haschich. Elle a besoin d'un psychiatre. Il faut qu'elle grandisse. Qu'elle comprenne pourquoi elle n'est pas comme les autres, pourquoi elle refuse d'entrer dans le monde des adultes. Et ainsi de suite... Et Thorne... Beaucoup de sympathie pour Thorne. Par exemple, la femme du directeur de l'unité de recherche : « Cher Thorne, mon pauvre petit ! Tout seul dans cette maison avec cette droguée ! Quand on aura fait une piqûre de tranquillisants à Ann, pourquoi ne pas venir dîner chez nous ? Il y aura ma charmante nièce Allison, et quand on aura interné Ann d'office à l'hôpital psychiatrique, pourquoi ne pas établir avec Allison une relation adulte et constructive ? »

Ce qui sépare les enfants des adultes, c'est que les premiers sont clairs. Ils résument la situation en terme de « eux ou nous » ; dans leur sagesse, ils savent que les adultes sont des traîtres : ce sont des enfants qui ont grandi et qui pactisent avec leur nouvel état. Dans un flash, j'eus deux images terribles devant les yeux : un cheval sauvage - la vie - ruait et me fracassait la tête ; une vitre - ma vie - était entre les mains d'un maladroit nerveux qui la laissait tomber et elle se brisait en un million d'éclats. Qu'allais-je devenir ? Soudain, je pris mon courage à deux mains.

- Thorne, dis-je. Je fume sans arrêt de la marijuana. J'ai toujours fumé. Que dis-tu de ça ?

- Sans... arrêt ? balbutia Thorne.

- Thorne, poursuivis-je, j'étais défoncée le jour où tu as posé les yeux sur moi. Et je le suis encore à l'instant même.

Il me regarda.

- Tu veux dire que tu venais défoncée à mon cours ? Et que tu l'es encore maintenant ?

- Oui. J'étais défoncée à ton cours et je suis défoncée maintenant, mais pas autant que je le souhaiterais. Je vais donc sortir ce gros joint de ma poche, l'allumer et le partager avec toi.

Il semblait sonné. Il me dit d'une voix étranglée :

- Ann, tu risques la prison. On peut te planter avec cette herbe.

- Une locution intéressante, Thorne.

Il avait repris son air normal. Mieux, il semblait intéressé. Folle de joie, je me dis que je pouvais aisément changer la vie de mon mari en lui faisant sauter le pas.

- Prends ça et avale la fumée, dis-je.

- Oui, mais comment, puisque je ne fume pas ?

- Force-toi. Vas-y, et prends garde au gaspillage : retiens-toi d'exhaler.

- Combien de temps ?

- Oh, environ une demi-heure.

Il tira plusieurs bouffées avec succès. Peu après, il planait comme un cerf-volant.

- Wow ! dit-il. Une substance intéressante. J'ai l'impression d'être planté là depuis des siècles. J'ai les mains froides et la bouche sèche. Ce sont les symptômes habituels ?

Thorne erra une heure d'une pièce à l'autre en me commentant ses visions. Nous passions un moment merveilleux. Il finit par s'asseoir.

- Tu étais défoncée le jour de notre mariage ? demanda-t-il.

- Je crains que oui.

- Et pendant notre lune de miel ?

- J'en ai peur.

- Je vois. En somme, tu l'es tout le temps.

Je dis que je l'étais plus ou moins, plutôt plus.

- En d'autres termes, puisque tu l'es tout le temps, tu ignores totalement ce que c'est qu'être avec moi quand tu ne l'es pas.

Cela me semblait vaguement boiteux, mais logique. Je le lui dis.

- C'est terrible, Ann. Ce n'est pas normal. Bien sûr, ce truc est intéressant et tout... mais tu ne peux pas vivre défoncée en permanence.

- Pourtant, je le peux, dis-je.

- Oui. Mais il y a quelque chose qui cloche. Qui cloche terriblement, même. Tu ne crois pas ?

- En fait, non.

- Mais, Ann, ce que tu vis n'est pas la réalité. Tu n'as jamais perçu la réalité normale. Depuis combien de temps n'as-tu pas perçu la réalité normale, Ann ?

- Mais ce que nous vivons ici *est* la réalité normale, idiot.

- Oui, bon... Ce que je veux dire, c'est qu'il doit y avoir une raison pour décider que c'est anormal d'être tout le temps défoncé.

- Il y en a peut-être une, mais je ne la vois pas. De plus, regarde-toi : tu es enchanté de ton expérience.

- On ne peut pas le nier.

- On ne peut pas ne pas le nier - si on est malhonnête.

- Quoi ? Le fait est que si tu as toujours été défoncée, nous ne nous connaissons pas.

- Le connaissable est très relatif, dis-je, impatiente de monter dans ma chambre pour y prendre mon haschich africain.

- Un point intéressant, dit Thorne. Le connaissable est relatif, admettons. Mais peut-être que ce non-établi, cet aspect ouvert des choses obscurcit une lumière intrinsèque, un absolu du connaissable. En d'autres mots, peut-être que la lumière obscurcit la lumière, si tu vois ce que je veux dire.

Je voyais. Je regardai mon mari avec affection, comprenant qu'il avait des possibilités que je ne soupçonnais pas.

- Et ta liaison avec Lionel Browning, demanda Thorne. Est-elle du domaine du connaissable ?

- Oui, dis-je. Lionel me procure la substance dont les effets te semblent intéressants. Et c'est tout. Tu vois ?

- Je vois. En d'autres termes, vous passez des heures assis ensemble à planer ?

- Oh, il nous arrive aussi de planer debout.

- Et moi, en tant que professeur, je ne peux pas me joindre à vous car ce serait contraire à ma dignité. C'est ça ?

- C'est ça.

- Bon. Eh bien, en l'honneur de Lionel et dans l'intérêt de nos futurs débats philosophiques, prépare-nous encore un peu de ce truc, tu veux bien ?

- C'est une excellente idée, dis-je.

- Bon..., dit Thorne en s'étalant sur le canapé. Faisons un pas de plus dans la direction qui nous intéresse. Tâtons le terrain du pied...

- Tu veux dire, prenons tranquillement notre pied ?

- Une locution intéressante. Non, plus sérieusement, examinons les rapports entre le pas et le pied. Le pas est la province du pied, sans lequel il n'y a pas de pas. C'est le corps qui porte le pied, mais c'est le pied qui exécute cette action qu'est le pas. Donc le pas est au pied ce que le bébé est à sa mère. Donc on peut donc dire que le pied est la mère du pas, ou plutôt, que le pas est le bébé potentiel du pied.

Je considérai un long moment cette proposition.

- Dis-moi, Ann, où est ce truc que tu devais nous préparer ?

- C'est illégal, Thorne. On pourrait aller en prison rien que pour en détenir dans cette pièce.

- Si tu en as, va le chercher.

Je redescendis un sac de l'herbe de Linnie - du premier choix -

et mon morceau de hasch. Avec notre meilleur couteau de cuisine, je grattai des copeaux du second sur une dose préparée de la première. Puis je roulai un joint. Je roulais magnifiquement. Thorne était impressionné par mon habileté.

- Tu fais ça bien, dis donc.

- J'ai des années d'expérience. Maintenant, Thorne, je voudrais savoir une chose : pourquoi ne m'as-tu jamais dit que Lionel et moi nous ressemblions ?

- Parce que vous ne vous ressemblez pas. Vous portez seulement les mêmes mocassins.

- Nous pourrions être deux jumeaux monozygotes, insistai-je.

- Ann, cette substance qui altère les facultés intellectuelles a altéré tes facultés intellectuelles : vous ne vous ressemblez pas. Bon, tu vas rouler ces trucs toute la nuit ? Ou on va enfin pouvoir les fumer ?

Le problème avec l'Histoire c'est que la plupart des gens la vivent sans jamais savoir quel moment est d'une importance potentielle capitale. Moi, en passant le joint à mon mari, je me suis dit : une ère nouvelle s'ouvre devant nous. La décennie était encore jeune, et tout pouvait arriver. À quelle autre époque une gentille petite jeune femme aurait-elle pu passer une cigarette de marijuana à un (relativement) vieux mari collet monté ?

En ces temps-là, les fumeurs de hasch adoraient essayer de repérer leurs compagnons de vice. Chacun avait sa liste de suspects, et William Blake figurait sur chacune d'entre elles. Le poète anglais Gerald Manley Hopkins figurait sur celle de Linnie. Cela l'amusait énormément d'imaginer ce père jésuite tirant sur son joint tout en écrivant des vers nerveux. Pour ma part, j'imaginais mal quelqu'un ne se droguant pas écrire ces poèmes.

Je contemplais le visage de Thorne, son air légèrement béat, en me disant que j'avais réussi quelque chose. Parvenir à le défoncer n'était pas un mince succès.

- Alors, qu'est-ce que tu en penses ? demandai-je.

- Ça produit une forme étrange et extrêmement séduisante d'énergie cérébrale.

- Oui. Merveilleux, non ?

- Ça produit une excitation intellectuelle malsaine, dit Thorne.

Je fus soudain remplie d'optimisme et d'espoir pour notre avenir.

- Oh, Thorne, dis-je avec ravissement, on s'amuse, non ?

Un commentaire, comme Thorne me le fera fréquemment remarquer, qui pouvait fort bien être le slogan des années à venir.

## Une retraite en Écosse

Je suis arrivée à Inverness, en Écosse, par un mois de mars glacial. J'avais décidé de dire, au cas où on me l'aurait demandé, que j'étais venue y faire un reportage photographique. Mes appareils pouvaient le prouver. Si c'était insuffisant, j'aurais justifié de mon professionnalisme en produisant les numéros de *Wild Life* dans lesquels j'avais écrit une série d'articles sur les fleurs sauvages, les serpents et les cactus. Mais personne ne m'a rien demandé.

En fait, j'étais en cavale - pour ainsi dire en « disponibilité » de mon second mari, Francis Cluzens, un géologue pétrolier de San Francisco, et de mon premier mari, Thomas Ragland, un propriétaire de ranch à Despelles, au Texas.

Mon premier mariage avait duré assez longtemps, le second avait été extrêmement bref. Après avoir quitté assez brusquement Francis Cluzens, j'avais besoin d'un lieu dépaysant où me cacher - ou plutôt, où faire pénitence, car personne n'était à mes trousses. Un lieu où je n'aurais pas à surmonter le handicap d'une langue étrangère ; un lieu où je pourrais passer inaperçue aux yeux des habitants, et eux aux miens. L'Écosse remplissait toutes ces conditions. J'ai donc sauté dans un avion pour Londres, puis, sur mon atlas de poche, j'ai choisi la ville d'Inverness. Un chauffeur de taxi aimable et bien informé m'a amenée à la gare de King Cross où j'ai pris l'express Londres-Inverness. Le train était bourré de scientifiques japonais ; comme je l'ai appris au wagon-restaurant, ils venaient étudier le monstre du Loch Ness.

Je suis descendue à l'hôtel de la Gare, un quatre étoiles où je passais pour une Américaine excentrique en bordée. Le barman me le faisait clairement sentir : chaque soir, il sursautait en me voyant entrer dans le bar à moitié vide pour y boire mon scotch solitaire. Je me contentais pourtant de lire mon journal et de me mêler strictement de mes affaires, mais je sentais qu'il sentait qu'il y allait avoir du grabuge.

J'ai vécu des mois dans cet hôtel sans avoir une seule conversation de plus de quarante-cinq secondes. Chaque matin, pour ne pas m'atrophier, je parcourais le petit chemin qui allait de l'hôtel au château, et inversement. L'après-midi, je traversais le parc et j'achetais un journal. L'idée, c'était de voir ma vie flotter librement devant moi comme un ruban. Il me semblait qu'une absence totale de distractions me permettrait de me pencher sur les trente et une années écoulées pour voir si elles avaient un sens. Je voulais mettre de l'ordre en moi. Après tout, j'étais encore assez jeune pour m'estimer trop jeune pour avoir eu deux maris. *Deux maris.* Cette pensée m'empêchait de dormir, et, dès que je m'agitais un peu, mon cœur même battait sur un rythme binaire : *deux hommes-deux hommes*, croyais-je l'entendre me reprocher.

En juin, j'ai fait ce que je m'étais jurée de ne pas faire : m'ouvrir à un contact humain. Par une nuit pluvieuse, j'étais au bar de l'hôtel quand un garçon un peu trop échauffé pour mon goût est venu s'asseoir à ma table. Je l'avais attiré comme un aimant. Il s'appelait Billy McLeod, il étudiait l'architecture à l'université d'Édimbourg et il était rentré chez lui pour les vacances. Il habitait Fort Marie, de l'autre côté du canal, et il s'ennuyait à mourir. Il était amoureux fou d'une jeune Italienne nommée Marina qui passait ses vacances chez elle, à Florence.

Pour un sociologue de la vieille école, la façon dont les gens se branchent dans les bars serait un objet d'étude inépuisable. Ce sont peut-être toutes ces bouteilles exposées, cet alcool à discrétion, qui poussent les êtres à se jeter ainsi les uns sur les autres. Toujours est-il qu'il n'a fallu à Billy que dix minutes pour me révéler ses états d'âme - ou plus précisément, l'état d'insanité totale dans lequel la passion met les jeunes hommes. Il se mit à me parler des Américains, mais en fait, il ne parlait que d'amour.

- Le truc, avec les Américains, c'est qu'ils sont terriblement ouverts comparés à nous. Ils ont une grande facilité d'expression émotionnelle, je veux dire. Une façon de parler qui vient du cœur, je veux dire. Vous ne trouvez pas ?

Comme je n'avais pratiquement pas ouvert la bouche, je me demandais d'où il tenait cette impression.

- Je repère tout de suite quelqu'un d'émotionnellement ouvert. À Édimbourg, tous les Américains le sont. Ils *pensent* en terme d'émotion, je veux dire. Vous avez remarqué l'absence d'ouverture qu'il y a ici ? Les Américains ont tendance à le remarquer. Tous mes amis peuvent disserter brillamment sur un certain nombre de sujets mais ce qu'il leur manque, c'est le langage des sentiments. Et si on ne l'a pas, on n'a rien, vous ne trouvez pas ?

Ce que je trouvais, c'était que cette conversation était très dangereuse - le genre même que je m'étais jurée de ne pas avoir. Je me suis empressée d'éluder le langage des sentiments au profit de sujets plus sûrs, comme la géographie. J'ai demandé où était Fort Marie. Bill a écarquillé les yeux : comment, j'étais là depuis quelques mois et j'ignorais où était Fort Marie ? Mais de l'autre côté du canal Calédonien, voyons ! Je n'avais donc jamais quitté l'hôtel ? Non, ai-je avoué. Irrité, il m'a alors demandé d'où je sortais et ce que je faisais là.

Je le lui ai dit. Si j'avais eu la moindre tendance sociologisante, j'aurais pu mettre cette regrettable franchise au compte des bouteilles, de la pluie, du bar vide, de la tourbe qui brûlait dans la cheminée. Mais seule ma solitude m'y avait poussée.

- Je suis venue ici pour me remettre de mon second mariage. Avant, je vivais au Texas, que j'ai ensuite quitté pour San Francisco. Maintenant, je ne vis plus nulle part.

Voilà qui aurait dû lui clouer le bec. Pas du tout.

- Je pense que les gens divorcés planent, dit Billy. Je veux dire, ils semblent avoir du monde une vue d'avion. Je suis convaincu que l'amour est un processus : on passe de l'étrangeté à la familiarité, puis à l'intimité, puis à l'engagement - le mariage, je veux dire. On entre alors dans la phase de la vie casanière, et si ça, ça pète, ça en dit long sur tout le processus.

Pour un novice, c'était drôlement bien vu. Il a poursuivi :

- L'amour est une épreuve. Il suffit d'y mettre un pied pour en sortir, tel un alliage de métaux précieux, plus robuste, plus intéressant, mais changé, pour le moins.

Sur cette note optimiste, je trouvai opportun de mettre un terme à notre conversation, mais Billy ne voulait pas me laisser quitter la table tant que je ne lui aurais pas promis de visiter la région avec lui. Il est enfin parti, et j'ai pu regagner ma chambre, où je me sentais à ma place.

J'ai grandi dans une petite ville de Nouvelle-Angleterre. J'étais une bonne petite fille, obéissante et rêveuse, qui croyait à tout ce qu'on lui faisait miroiter : l'honneur, la fidélité et le mariage à vie. Je gobais tout ce que me racontaient mes copines des guides, le club des citoyens et les bandes dessinées à l'eau de rose. Probablement parce que c'était dans mon tempérament. J'étais quelqu'un de stable. Par exemple, à dix ans, on m'avait offert un appareil photo. Depuis ce jour, j'ai toujours eu un appareil à portée de main. Mon ambition première était d'être photographe et je m'y suis tenue. Je ne me suis jamais emballée pour, puis lassée d'un sport, d'un passe-temps ou d'une amie.

C'est à l'université que j'ai rencontré mon premier mari, Thomas Ragland, que tout le monde surnomme Raggy. Il était assis sous un arbre, la mine lugubre, et je l'ai photographié. Comme il voulait voir le tirage, il m'a suivie tout l'après-midi tandis que je mitraillais d'autres étudiants, peu joyeux mais moins atteints que lui. Je l'ai laissé entrer dans la chambre noire tandis que je développais ; j'ai appris qu'il était Texan et que sa terre natale lui manquait. Partout où il allait, il trimballait une bouteille de sauce au piment vert dont il arrosait systématiquement tout ce qu'il mangeait.

Raggy était le premier homme dont j'étais tombée amoureuse. Je l'ai épousé. Je pensais que c'était ce qui se faisait en pareille circonstance, et j'étais très troublée que les filles de mon dortoir aient des histoires d'amour passionnées avec un garçon pour en épouser ensuite un autre. La vie, selon moi, était une ligne droite, une affaire sérieuse. Je croyais impossible d'en finir avec quoi que ce fût, et prudent de choisir soigneusement le type de souvenirs qu'on se forgeait. C'est pourquoi je n'ai jamais pris la peine de tomber amoureuse avant de rencontrer Raggy. Avec Raggy c'était pour la vie. Il a passé une année à l'école de commerce à attendre que j'aie mon diplôme. Cela fait, nous nous sommes mariés et sommes partis vivre à Despelles, où Raggy aidait à gérer le ranch familial.

Raggy était grand, costaud et doté d'un caractère ouvert, le genre d'homme qui dément les stéréotypes sur le Texan. Il travaillait dur. Il suait au soleil. Il aimait profondément la terre. Il traitait bien les animaux. Les chevaux l'adoraient. Il était capable de réparer un camion, de faire griller un steak, et il était un expert en matière de flore et de faune du Southwest. Nous vivions dans une bâtisse en pierre située à l'extrémité ouest du domaine. Tous les ans, nous organisions un barbecue monstre auquel nous invitions tout le comté. L'hiver, nous allions voir des amis à Houston. Chaque printemps, nous prenions deux semaines de vacances au Mexique.

Nous ressemblions assez à un couple de pionniers. Tout ce que nous apprenions, nous l'apprenions l'un de l'autre. Nous étions des explorateurs néophytes mais attentifs. Nous croyions aux mêmes choses. Raggy croyait qu'il fallait être proche de la terre. Je croyais que la nature était une source intarissable de merveilles. Nous croyions qu'on pouvait régler un différend simplement en parlant ; qu'une longue promenade était le meilleur des remèdes à la mélancolie ; que des tasses de chocolat chaud suivies d'un après-midi au lit était la panacée aux querelles. Bref, nous pensions que la vie avait un sens ; qu'il était simple de réaliser son propre destin : on naissait, on mûrissait en cultivant des intérêts durables, on tombait amoureux, on se mariait, on faisait des enfants et on mourait chez soi, dans sa ville natale ou dans celle qu'on s'était choisie.

Autour de nous, tout le monde semblait partager ce point de vue. Bettine, par exemple, la tante de Raggy, qui avait divorcé de son mari puis l'avait épousé de nouveau ; c'était exactement le ballon d'oxygène qu'il fallait à son mariage, assurait-elle. Plus tard, elle a tenté de consacrer une partie de sa fortune à fonder un musée pour animaux - après tout, pourquoi les chiens, les chats et les canaris n'auraient-ils pas, eux aussi, droit à l'Art ? -, un projet que nombre de ses amis trouvaient raisonnable.

Pendant huit ans, le doute ne s'est jamais insinué dans mon esprit. Quand nous nous sommes rencontrés, Raggy et moi, nous savions comment nous voulions vivre. Nous avions décidé de n'avoir d'enfant qu'au terme de notre dixième anniversaire de mariage. Après ces dix ans d'amusement pur, nous pouvions enfin devenir sérieux. Mais avant, il fallait penser à s'établir. Raggy apprendrait à gérer le ranch et moi, le métier de photographe. Nous nous consacrerions l'un à l'autre sans nous peser mutuellement. Puis nous fonderions une famille heureuse. Raggy apprendrait à nos enfants à chasser, à aimer les chevaux et à s'occuper du bétail. Je leur apprendrais à nager, à faire la cuisine et à apprécier les chefs-d'œuvre de l'art.

Peu après mon vingt-neuvième anniversaire, Raggy est allé à Chicago où se tenait un salon d'éleveurs de bétail. Je devais rester seule une semaine. Juste à ce moment-là, une équipe de géologues est venue prospecter le terrain pour y chercher du pétrole. Ils avaient monté une hutte préfabriquée sur la limite nord du domaine, et on les rencontrait le matin, en allant chercher le courrier.

Le lendemain du départ de Raggy, je suis sortie tôt avec mon appareil. Il y avait cette lumière dure qui annonce l'approche lente d'un orage, avec des nuages amoncelés de part et d'autre de l'horizon. L'air semblait chargé d'énergie cinétique. Je chevauchais au pas, à la recherche de quelque objet à photographier, quand un homme montant un cheval pie a traversé mon chemin. Il était maigre, avec un visage de faucon, et son assiette accusait l'inconfort que, dans l'Ouest américain, procure les selles anglaises. Nous nous sommes salués, avons arrêté nos chevaux et échangé quelques mots aimables. Il s'appelait Francis Cluzens et il était le chef de l'équipe des géologues pétroliers. Je me suis présentée et nous avons parlé un instant de la beauté du ranch Ragland. Par courtoisie envers un étranger, je lui ai offert de faire le tour du propriétaire avec lui.

Il s'est montré un compagnon agréable, quoiqu'un peu déconcertant. Il posait beaucoup de questions et quand nous avons fini par mettre pied à terre pour aller nous asseoir sous un arbre, je me suis retrouvée dans la ligne de feu d'un regard insistant. Je me suis alors rendu compte qu'il était le premier homme avec qui je parlais en huit ans - exception faite de Raggy, son père, ses oncles et les hommes de ma propre famille. Il vivait à San Francisco et enseignait à Berkeley, et, de temps à autre, il louait ses services en tant que prospecteur. Puis, au débotté, il m'a demandé depuis combien de temps j'étais mariée et si j'étais satisfaite de mon mariage. Huit ans, lui ai-je répondu, et, oui, je crois en l'avenir de cette institution. Nous avons ensuite parlé de la photographie, de la peinture de paysage et de la géologie de l'État du Texas. Avant de nous séparer, je lui ai demandé sans trop réfléchir s'il voulait venir prendre le café chez moi l'après-midi suivant. Je pensais que Raggy, à son retour, serait probablement heureux de faire sa connaissance.

Le lendemain, Francis Cluzens est venu, et nous avons pris le café dans la véranda. Les nuages d'orage s'étaient rapprochés, et l'air était humide. Nous avons parlé du temps qu'il faisait au Texas, du naturaliste John Muir et de la forêt éponyme, et de la cuisine mexicaine. Ou plutôt, c'était moi qui parlais. Parce que je voulais me montrer civile, et que Francis Cluzens sortait du cadre établi. Contrairement à Raggy, son père et ses oncles, il n'était pas précisément grand, costaud et d'un caractère ouvert. Sans être petit, il était tendu, rempli d'une sorte d'énergie qui m'était peu familière - celle qui ne se dissipe pas sous l'effort. Une heure plus tard, il s'est levé pour partir et m'a demandé s'il pouvait revenir le lendemain. Cela m'allait parfaitement.

Le lendemain, nous avons décidé de faire une promenade à cheval. Nous n'avions pas fait huit cents mètres que les premières gouttes ont commencé à tomber, puis la pluie s'est arrêtée. Quand l'orage a vraiment éclaté, nous étions près de la hutte préfabriquée où l'équipe rangeait son matériel. Nous avons foncé vers elle, attaché nos chevaux à l'abri puis couru nous réfugier à l'intérieur. Il y régnait une agréable odeur de corde et de toile. La pluie tambourinait sur le toit et un vent déchaîné rabattait à l'extérieur le panneau de chanvre qui protégeait la fenêtre. Francis est allé l'attacher et quand il est revenu, il m'a paru, lui aussi, plutôt déchaîné. Il m'a soulevée de la chaise de camping sur laquelle j'étais assise et m'a prise dans ses bras. Peu après, nous commettions l'adultère sur le domaine de mon mari.

Quand Raggy est revenu j'ai compris combien il était facile de mener une double vie - celle que la plupart qualifient de « normale ». Une bêtise ne fait plus tellement de dégâts, de nos jours. Les magazines féminins déclarent que leurs lectrices fantasment sur un autre homme en faisant l'amour avec leur mari. Pas moi. En fait, j'aurais pu considérer qu'il ne m'était rien arrivé, et si j'avais réuni autour de moi ma mère et mes amies - et même la mère de Raggy -, pour leur expliquer la situation, je suis sûre qu'elles m'auraient toutes conseillé de la boucler et de continuer. Après tout, j'aimais mon mari, non ? On pouvait difficilement dire que je l'avais trahi si on tenait la préméditation pour la composante majeure de la trahison. Mes sentiments pour Raggy étaient inchangés. C'était moi qui avais changé.

Je me découvrais capable d'adultère. Avant Francis Cluzens, cette idée était aussi éloignée de moi que Mars ; si je l'avais contemplée, ç'aurait été à l'aveuglette, de façon abstraite, comme on spécule sur l'existence de la vie sur d'autres planètes. Quoi que disent les revues de psychologie sur le développement personnel, découvrir un côté caché de sa propre nature est très désagréable. C'est comme être à la guerre, quand un tireur embusqué vous mitraille sans qu'on sache d'où viennent les balles. La femme qui croyait en la fidélité, qui pensait que la vie était une ligne droite, qui avait épousé le seul homme qu'elle eût jamais aimé s'était donnée à un autre. Cela signifiait certainement quelque chose, mais quoi ?

Primo, que j'avais subi à mon insu quelque changement profond sans lequel ma rencontre avec Francis Cluzens n'eût jamais eu lieu. Mais quand ce changement s'était-il produit ? Dans mon sommeil ? S'était-il emparé de moi insidieusement, par degrés si infinitésimaux que je n'avais rien senti ? Or, si j'avais changé, je n'étais plus celle que Raggy avait épousée. Secundo, j'avais l'âme noble. Je croyais l'acte de chair sacré. Je croyais croire à l'amour dans le mariage, et seulement dans le mariage. Quand j'avais épousé Raggy, je n'étais pas une vierge effarouchée mais une vierge pleine de détermination. Au diable les amours de rencontre, telle était ma devise. Puis Francis Cluzens avait ruiné tous ces principes. Quelle était la part de hasard dans cette rencontre-ci ? Ne l'avais-je pas plutôt combinée inconsciemment ? Avais-je émis quelque signal - lubricité ? désir ? ennui ? - qu'il avait perçu ? Est-il normal que de parfaits étrangers vous demandent, sur les terres mêmes de votre mari, si vous êtes satisfaite de votre mariage ?

Je ne pouvais pas croire avoir agi par caprice. Si caprice il y avait - ou pur accident, ou erreur -, alors, je n'étais plus moi-même. Contrairement à ce que je pensais jusqu'alors, l'événement n'est pas sans incidence sur la vie des gens : deux semaines plus tard, je trouvai une lettre de Francis Cluzens dans ma boîte. Il disait qu'il m'avait voulue dès qu'il avait posé les yeux sur moi. Il disait : « Quand tu seras prête, appelle-moi. Je t'attendrai. » En bas, figurait son numéro de téléphone à San Francisco. *Quand tu seras prête.* Son regard pénétrant avait-il décelé derrière la façade de petite épouse modèle le type de femmes toutes prêtes à être prêtes ?

Un mois plus tard, j'ai quitté Raggy. Je lui ai tout raconté. Il avait de la peine, mais d'une façon peu conventionnelle. Il m'a dit qu'il savait que je reviendrais. Cela, je crois que, moi aussi, je le savais. Il semblait penser que ce que je faisais, je devais le faire. Cette attitude m'a donné à réfléchir : c'est tellement troublant de voir quelqu'un vous prendre pour ce qu'on croit être... Je pensais que, sur terre, n'existait pas une femme moins immorale que moi, et Raggy le pensait aussi. Il était égal à lui-même : grand, costaud, ouvert, généreux et bon. Il me lâchait la bride comme on lâche la bride à un cheval. Le cheval, obéissant à quelque impulsion qui lui est propre, commence à partir dans la mauvaise direction. Puis il revient vers vous.

J'ai épousé Francis Cluzens pour des raisons qu'on ne ferait probablement avaler à personne. Le fait est que c'était un geste de ma part. Une protestation de mon sérieux. Ma façon personnelle d'officialiser ce qui aurait pu passer pour un moment de faiblesse. Mais je ne croyais pas à la faiblesse momentanée. C'était pour des gens comme moi qu'on avait inventé la formule : « L'accident n'existe pas. »

Raggy a été formidable au moment du divorce. Il s'est débrouillé pour qu'on n'en sache rien à Despelles, de manière à faciliter mon retour. Je venais de quitter un homme qui m'aimait pour un homme qui m'aimait. Dans la petite église de San Francisco, je songeais qu'en deux occasions j'avais juré à deux hommes de les aimer, de les honorer et de les chérir jusqu'à ce que la mort nous sépare.

Le problème, avec les seconds mariages, c'est qu'ils sont un peu comme les souliers neufs : ils ne vous vont pas comme vous allaient les précédents. Ils vous serrent là où vous n'avez pas l'habitude de vous sentir serrés. Tous les petits conforts vous sont retirés - les surnoms affectueux, le langage codé, les schémas faciles, etc. Épouser Francis Cluzens était une erreur patente. Se marier par principe n'est pas précisément ce qu'on pourrait qualifier de judicieux. Il était difficile à vivre mais, en même temps, être sa femme n'était pas entièrement désagréable. C'était plutôt comme faire l'expérience d'un exotisme permanent. Francis était calme et secret. Il ne me tendait jamais une grande main généreuse. Tout ce qu'il faisait, il le faisait avec méthode. Le soir, il posait sa brosse à dents à côté de sa brosse à cheveux sur la tablette de la salle de bains. Il mangeait le même petit déjeuner tous les matins. Quand il allait se coucher, il laissait le dessus de son bureau impeccablement nu. C'était un peu comme voyager à l'étranger, où on découvre un nouvel ordre des choses. Quand je disais « mon mari », ce n'était pas à Francis que je pensais, mais à Raggy. Je suis restée un an avec Francis. C'était plus une aventure qu'un mariage. Dans le mariage, on se laisse glisser dans l'habitude. Dans une aventure, on veut un dépaysement constant.

Je n'avais pas grand-chose à mettre dans ma valise. J'avais laissé la plupart de mes affaires chez Raggy, ce qui lui donnait une excellente raison de croire que je reviendrais et me remarierais avec lui, comme la tante Bettine l'avait fait avec l'oncle Clifford. Moi aussi je croyais que je finirais par revenir vers Raggy. L'idée que j'avais profondément changé ne semblait pas le déranger. *Moi* oui. Si je devais lui revenir, il me fallait auparavant m'offrir une petite fuite, une solitude que je m'imposerais à moi-même. Si j'avais changé, ce qui me chagrinait, c'était bien le moins d'essayer de me mettre à jour.

Billy McLeod est devenu mon guide touristique et mon animateur de voyage organisé. Il m'a emmenée déjeuner dans une auberge de sa ville natale. Il m'a conduite en voiture à Ben Nevis, le plus haut sommet des îles Britanniques. Il était furieux parce que je n'emportais jamais mon appareil.

Lors de ces excursions, il me parlait de Marina, sa petite amie. Il me la décrivait comme « botticellienne », ce que je tenais pour une hyperbole de jeune homme romantique jusqu'à ce qu'il m'eût montré sa photo. Il m'a dit qu'ils avaient conclu un pacte : celui de ne s'écrire qu'à la lumière d'une bougie. Billy transportait à cet effet un vieux bout de chandelle dans la poche arrière de son blue-jean, pour pouvoir, sans se parjurer, lui écrire au cas où l'envie l'en prendrait loin de chez lui. Leur dernière nuit ensemble, ils l'avaient passée, sans fermer l'œil, à la lumière des bougies. Il a ajouté :

– Quand je pense à Marina, j'ai une image d'elle endormie, les mains jointes sous le menton, comme un petit enfant. Parfois, je ne supporte pas qu'elle rêve. Je veux dire, je ne sais plus qui elle est quand elle rêve ; je ne sais pas de quoi elle rêve. La délicieuse intimité à laquelle on aspire n'est alors plus possible. C'est triste de dormir quand on aime quelqu'un, non ?

Il m'était impossible de répondre à cette question.

- Non ? a insisté Billy.

Je me disais que, par moments, la seule réponse appropriée aux questions de Billy serait de l'étrangler. J'ai dit :

- Je suis trop vieille pour savoir de quoi vous parlez.

- Trop vieille ! Bon sang, mais moi je suis trop jeune. L'amour est comme un voyage au long cours, je veux dire. Et c'est mon premier. Je veux dire qu'on mûrit pendant la traversée. Je suis encore un nouveau-né à cet égard, mais croyez-moi, quand j'aurai trente ans j'aurai exploré tout ce que j'ignore encore : le pathétique, le cœur brisé... Voilà des choses qui en valent la peine.

J'ai dit que, personnellement, je ne brûlais pas de les vivre. Il a rétorqué :

- C'est ce que pensent la plupart des gens. Mais ils sont stupides. L'amour n'est pas qu'éclat de rire et bon temps passé au lit. Il faut le faire mûrir. Or la souffrance le mûrit. Hélas, la seule souffrance que je connaisse est celle de la séparation.

Ces promenades me donnaient très envie de regagner ma chambre d'hôtel, le seul endroit, avec chez moi - ou plutôt chez Raggy, un homme que je ne croyais plus mériter -, où je me sentais à ma place. Une fois par mois, il m'écrivait une longue missive pleine de nouvelles pour me tenir au courant, comme si j'étais en voyage d'agrément. Ces lettres me remplissaient d'angoisse et de gratitude. Quelque part, la vie continuait en ligne droite. Francis, en revanche, lors de mes trois premiers mois en Écosse, m'avait envoyé, sur un rythme de tirs de DCA, des messages furieux où il me disait ce qu'il pensait de moi : j'étais débile, destructrice et désinvolte. Finalement, j'ai reçu une lettre de son avocat m'informant qu'il entamait contre moi une procédure de divorce pour abandon.

Dans l'intervalle, je me sentais faiblir. Je n'avais rien découvert sur moi. Ma vie flottait devant mes yeux, mais sous les bannières de la moralité, de la constance et de la fidélité, je voyais se tenir une vague pécheresse. Je n'en tirais aucune leçon quant au sérieux ou à l'intentionnalité de ma conduite. De fait, j'avais agi par caprice, et comme je ne pouvais supporter cette idée, j'avais laissé la chose m'échapper. Peut-être le pathétique et le cœur brisé font-ils mûrir l'amour. Peut-être que rien de stimulant ne m'était jamais arrivé et que j'avais provoqué l'occurrence. Peut-être avais-je joué les saintes nitouches en tenant le monde à distance pour ne pas voir une simple mortelle - moi - faire des choses de simple mortelle, des choses dénuées de sens. Je n'avais rien à offrir à personne. Je voulais seulement rentrer chez moi.

J'ai écrit à Raggy pour lui dire ce que je ressentais. Il m'a répondu que j'étais toujours la femme qu'il avait épousée et que je le serais toujours. Nous sommes convenus de nous retrouver à New York pour passer un peu de temps seuls puisque j'appréhendais de rentrer à Despelles. Pourtant, le clan Ragland était bien plus libre de préjugés que moi concernant les agissements humains. N'avaient-ils pas admis le musée pour animaux de la tante Bettine, son divorce et son remariage avec l'oncle Clifford ?

J'ai passé mon dernier jour à Inverness avec Billy. Il m'a emmenée faire un pique-nique. Sa mère nous avait préparé un panier-repas. Elle se faisait un mauvais sang terrible à son sujet. Elle le trouvait trop jeune pour tomber amoureux, et quitte à tomber amoureux, pourquoi d'une étrangère ? Et de surcroît, pourquoi d'une Italienne ? Elle le perdait, et tentait de le retenir - ou du moins, de lui exprimer son chagrin - en faisant des *binges*, une douceur locale que j'étais censée partager avec lui lors de ce pique-nique. On sentait la main tyrannique de cette femme derrière tout ce qu'elle confectionnait. Ses sablés étaient si sucrés qu'ils vous déclenchaient des vagues de douleur entre les molaires. Et on aurait pu briser les vitres avec ses *buns*. J'avais emporté quelques oranges dont je mettais des quartiers dans la bouche de Billy tandis qu'il conduisait.

Après une heure de route, nous sommes arrivés à destination : une église en ruines et un cimetière, avec un ruisseau non loin. Nous avons étalé notre couverture dans le cimetière. La tombe la plus récente avait deux cents ans.

Billy était radieux.

- Pourquoi ne pas avoir apporté votre appareil ? C'est notre dernier jour ensemble. Je veux me souvenir de tout. J'ai l'impression que ma vie s'ouvre comme un de ces éventails japonais peints. Tout me semble si beau et si intense. Je déteste l'idée que la vie n'est qu'une succession de moments, que les minutes s'envolent. Je voudrais pouvoir arrêter le temps, chaque seconde qui passe, pour tout garder intact à l'esprit.

Il s'est étiré en bâillant, puis, avec un sourire heureux, s'est laissé tomber sur la couverture. Quelques minutes plus tard, il dormait.

Ce garçon, contrairement à moi, avait pu avaler notre infâme déjeuner. Il s'était ensuite endormi comme un chat. Je le regardais de la tête aux pieds, le cœur soudain serré - de rage ou de tendresse, je ne savais. Je comprenais qu'une occasion de le séduire se présentait à moi. C'est ce qui se produit quand on quitte la solitude pour revenir dans le monde : on se découvre sous l'emprise de sentiments qu'on ne croyait pas posséder. Je voulais le séduire et laisser sur lui une trace palpable de désordre ; un peu comme l'amoureux transi qui massacre un arbre en y gravant les initiales de la fille qui l'a laissé tomber. Je pouvais lui apprendre une chose ou deux sur le pathétique et les cœurs brisés et le renvoyer à Marina marqué à vie - marqué par moi.

Bien sûr, il apprendrait sa leçon. Si, dans dix ans, je le rencontrais par hasard dans un aéroport, il se souviendrait à peine de moi. Ou, s'il s'en souvenait, il me montrerait une photo de sa femme, et ce ne serait pas Marina. Entre-temps, il aurait eu des douzaines de Marina.

Je suis allée au ruisseau et me suis assise pour observer la course précipitée de l'eau. Au-dessus de ma tête, des nuages brillants se bousculaient dans le bleu du grand ciel d'Écosse. J'allais rentrer chez moi. Un jour, il faudrait que je me rappelle tout cela. J'avais des albums remplis de photos de Raggy, mais pas une seule de Francis Cluzens. J'avais eu la prudence de ne pas le photographier. Certaines images ne devraient jamais être fixées sur le papier ; mieux vaut les garder dans sa tête, où, telle une écharde de verre, elles servent à vous rappeler que si l'on s'y frotte on se coupe.

Quel privilège d'avoir, comme Billy, des idées aussi tranchées sur l'amour ! Un processus, disait-il. Une vision telle que la sienne intégrait tout ce qui se présentait, même un événement fortuit sur lequel il ne manquerait pas de s'étendre à l'infini. Pourrait-on vivre en se rappelant tout ? Ou survivre en ne se rappelant rien ?

En revenant, j'ai trouvé Billy réveillé. Il se frottait les yeux. Il a bâillé, me révélant l'intérieur rose tendre de sa bouche. Quel garçon chanceux ! Se retrouver en pleine campagne avec une Américaine divorcée qui rentrait chez son premier mari ; dont les cheveux étaient relevés en chignon ; qui, sans jamais se séparer de son foulard chic, avait traversé la terrible épreuve de l'amour, en était sortie transformée, renforcée comme un alliage et affligée d'une vue panoramique du monde.

Il m'a pris la main et m'a fait faire le tour du cimetière. Près de l'église en ruines, il y avait une crypte. En me tenant toujours la main, il m'a fait asseoir près de lui. De sa poche arrière, il a sorti le bout de chandelle, l'a allumé avec mon briquet et l'a placé sur une pierre de la crypte. Puis il a sorti une feuille de papier pelure et un stylo et s'est appuyé sur moi. Comme la plupart des gens qui viennent de se réveiller, il sentait bon le chaud.

- Vous pouvez me passer mon dictionnaire d'italien ? Il est dans la poche de ma veste.

Tout en écrivant, il pesait sur moi davantage, levant les yeux de temps à autre et me faisant un sourire qui était la reconnaissance implicite de notre complicité d'âmes.

La flamme de la petite bougie vacillait sur la crypte. J'ai jeté un coup d'œil par-dessus son épaule et, avec le peu d'italien qui me restait de mes années de lycée, j'ai pu lire :

*Ma bien-aimée,*

*Je vis l'un des plus beaux moments de ma vie. Je me sens si proche de toi que je n'ai pas à compter les heures avant nos retrouvailles. Nous sommes aussi proches que deux êtres peuvent l'être. Quand je respire, c'est toi qui respires à travers moi. Ces moments sont gravés à jamais dans mon cœur.*

## La Grosse Prune

C'était la Semaine de l'Ananas au supermarché de la Grosse Prune. Les caissiers portaient de grands chapeaux de paille avec des ananas en plastique fixés sur le bord. À la caisse n° 3, Binnie Chester, qui ne portait pas de chapeau, tapait sur sa machine le code-barre d'un ananas affublé d'une robe du soir en papier découpé. Harry Markham, dont la famille possédait la chaîne de magasins La Grosse Prune, assis dans sa cabine de directeur, regardait travailler Binnie Chester. Chacun de ses gestes était empreint à ses yeux d'une grâce suprême.

Harry remarquait ces choses : le soir, après son travail, il finissait de rédiger sa thèse, intitulée *Vermeer, ou l'art de l'impossible.* Bientôt, il serait le seul membre du personnel de La Grosse Prune, y compris les membres du conseil d'administration - peut-être la seule personne dans l'épicerie -, à être titulaire d'un doctorat d'État d'histoire de l'art. Son père lui disait souvent que lorsque sa thèse serait publiée, ils organiseraient une Semaine Vermeer à La Grosse Prune et les exemplaires du livre de Harry seraient en offre promotionnelle dans les gondoles.

Binnie Chester avait des doigts aussi fins et agiles que des pattes d'araignée, aux ongles ovales. Ses jolis cheveux châtains enroulés en macarons formaient deux ovales parfaits de part et d'autre de sa nuque. Sur une plaque de plastique épinglée sur le devant de sa blouse on pouvait lire CHESTER, écrit en noir et en relief - ce qui semblait l'embarrasser. De sa cabine de directeur située entre l'allée quatre (savons et détergents) et l'allée cinq (haricots blancs et soupes en boîte), Harry observait Binnie. Il l'appelait secrètement « mon image miraculeuse ». Elle faisait claquer son chewing-gum avec autorité, et quand le supermarché était calme, Harry entendait le bruit. Il avait découvert que s'il fredonnait le premier mouvement du concerto pour violoncelle de Boccherini, elle claquait généralement son chewing-gum en mesure. Il se demandait comment elle claquait le peu de fric qu'elle gagnait à ses heures de loisirs.

Elle était la seule caissière que Harry ne connaissait pas. Il la trouvait trop éblouissante pour oser lui dire bonjour, et ils ne s'étaient jamais parlés. De son perchoir au-dessus des caisses, il voyait sept têtes se baisser et se lever au gré des opérations d'enregistrement. Butch, au comptoir-caisse n° 1, avait abandonné ses études secondaires et volait tous les trois jours des boîtes de bière par pack de six. Il portait le même pantalon rouge depuis huit mois. Arleen Solidark, coiffée d'une perruque brushée, poussait agressivement ses seins au-dessus du comptoir-caisse n° 2. Ses ongles, acérés comme des poignards, étaient peints d'un rose aux reflets d'argent. Harry savait que son mari était allergique aux chats. Binnie, qui ne baissait jamais la tête, ornait de sa présence le comptoir-caisse n° 3. Au n° 4, était assis Murray, le cousin de Harry - un lien de parenté que tout le personnel de La Grosse Prune ignorait. On l'avait renvoyé du lycée pour avoir pris de la drogue. Dans les rayons, on l'avait affublé du sobriquet de « chiendent mité » à cause de la maigre moustache blonde qui constituait sa seule particularité notable. Au n° 5, travaillaient par rotation une série de filles envoyées par l'école de secrétariat locale. Pour la plupart, elles avaient la taille épaisse, les cheveux raides, et elles perdaient beaucoup de temps à blaguer avec Butch. Elles avaient des noms tels que Trudy, Maryann et Mary Jo. Les comptoirs-caisses n$^{os}$ 6 et 7 étaient respectivement le domaine de Max et de Charlie, des vétérans de La Grosse Prune. Des chauves à lunettes. Chaque fin de journée, ils se défoulaient en faisant un numéro de vaudeville - toujours le même -, consistant à se poursuivre autour de leurs caisses en chevauchant un balai.

Harry était obsédé par Binnie Chester. Il lui semblait qu'elle ne parlait à personne, et il ne voyait jamais personne lui parler. Elle arrivait et partait à l'heure, comme un train européen. À la fin de la journée, elle faisait sa caisse, enlevait sa blouse d'uniforme et disparaissait. Depuis plusieurs mois, Harry se proposait d'entrer en collision avec elle. Cela se produirait à la porte, rêvait-il, et, après, il l'inviterait à dîner. Il avait passé beaucoup de temps à spéculer sur elle - qui était-elle ? d'ou venait-elle ? - et caressé l'idée saugrenue qu'elle vivait à Brooklyn dans une vieille maison, délabrée mais élégante, aux fenêtres ornées de fins rideaux de dentelle. Le père de Binnie, décida-t-il, était un libertin de haute taille doté de rouflaquettes édouardiennes - un libertin sans emploi, bien sûr, ce qui expliquait pourquoi Binnie travaillait à La Grosse Prune. Il y avait aussi une grand-mère, une vieille dame fanée dépourvue de traits distinctifs qui, le regard vide mais néanmoins terriblement pathétique, passait son temps à regarder par la fenêtre. Elle buvait beaucoup de thé. Binnie avait plusieurs frères sur lesquels Harry avait fait plus ou moins l'impasse. Autant de copies de Butch, en plus propres. Dans les fantasmes de Harry, Binnie n'avait pas de mère. Elle était morte dans des circonstances que Harry n'avait pas encore déterminées. Faire de Binnie une demi-orpheline lui permettait de se sentir protecteur et tendre à son endroit, et il s'appesantissait sur sa famille avec le même intérêt passionné qu'il prenait à la regarder.

Binnie fixait la pendule. C'était presque l'heure de la fermeture. Harry descendit de sa cabine de directeur et accrocha sa veste d'uniforme. Il ajusta sa cravate et enfila sa veste de costume. Un costume fait à Paris, brun chocolat, qu'il avait mis le matin même pour Binnie.

Il la rattrapa au niveau du réverbère placé en face du magasin. C'était une nuit froide d'hiver et elle portait une écharpe de laine.

- Excusez-moi, Miss Chester, dit Harry.

Binnie se retourna. Son visage était pris dans le halo du réverbère. Un Vermeer, se dit Harry ; il se sentait soudain inadéquat, capable de tous les débordements.

- Hemm..., commença-t-il, tentant de retrouver ses marques. On vous a déjà dit que vous étiez l'image du Frick ? Le musée, je veux dire. Hemm... Vous connaissez un peintre nommé Vermeer ? Vous ressemblez à l'un de ses tableaux.

Harry se tut brusquement. Binnie le regardait patiemment, comme elle aurait regardé un tour de cartes foireux. Puis elle lui dit :

- Vous êtes Harry-Grosse-Prune.
- Markham. Harry Markham, corrigea Harry.
- De La Grosse Prune.
- J'en suis le directeur.
- Vous êtes le fils du propriétaire.
- Personne ne le sait.
- Que vous croyez, dit Binnie. Et Murray est votre cousin.
- Cela se sait encore moins.

Binnie eut un petit reniflement méprisant. Elle regardait Harry qui oscillait légèrement. Il avait des cheveux noirs épais et ondulés, et de grands yeux bleus qui semblaient un peu fiévreux.

- Écoutez, Harry-Grosse-Prune, dit-elle. Pourquoi oscillez-vous comme ça et que me voulez-vous ?
- Je veux marcher avec vous jusqu'à Brooklyn.
- Oh, je vois. Vous habitez Brooklyn ?
- Non.

- Avez-vous une raison particulière de vouloir aller à pied de Manhattan à Brooklyn par ce froid ?

- Vous raccompagner chez vous. Vous y habitez, non ?

- Non.

- Où habitez-vous ?

- Juste au coin de la rue.

- Avec votre père ?

- Mon père vit à Minneapolis, avec ma mère.

- Et votre grand-mère ?

- Quelle grand-mère ?

Harry faillit en pleurer.

- Je croyais que vous aviez une grand-mère, dit-il en regardant fixement le trottoir.

- Je vois, dit Binnie. Aucun de mes grands-parents n'est vivant.

- Je suis désolé.

- Il n'y a pas de mal. Ils sont morts quand j'étais toute petite. Mais, apparemment, vous semblez prêt à me fournir des remplaçants.

Harry la regarda :

- Vous vous moquez de moi ?

- Écoutez, Grosse-Prune-Markham, vous sortez du magasin de votre père pour me suivre, me dire que j'habite à Brooklyn avec mon père et ma grand-mère, et vous osez me demander si je me moque de vous ?

- Je ne sais que dire, balbutia Harry. Je suis vraiment désolé. Je pensais...

- Oui, c'est ça, que pensiez-vous au juste ? Ça m'intéresserait de le savoir.

- Écoutez, je vais essayer d'être honnête. Je ne vous quitte pas des yeux de la journée et je vous ai inventé une famille. Voilà. J'ai froid.

- Eh bien, marchez, dit Binnie. Ma maison de Brooklyn est

juste au coin de la rue, et je vais demander à grand-mère de vous faire une tasse de thé.

Harry rougit.

- Et mon père ? poursuivit Binnie.

- Je... Vraiment, c'est trop bête.

- Allez-y, parlez-moi de lui.

- Eh bien, je me le représentais comme un débauché édouardien avec rouflaquettes et tout, tout sauf un emploi, je veux dire. C'est pour ça que vous êtes obligée de travailler à La Grosse Prune. Et vous êtes orpheline de mère. Votre grand-mère vit avec vous. Elle boit beaucoup de thé.

Harry était profondément embarrassé.

- Très intéressant, dit Binnie. Vous écrivez ?

Binnie vivait au troisième étage d'un immeuble de grès brun. Son appartement était peint en blanc et il était plus que dépouillé. Les murs étaient vierges de toute image. Il n'y avait ni plantes ni tapis. Le salon comportait un canapé en planches avec des coussins recouverts de faux galuchat fané, trois chaises en pin à dossier raide, et une table-bureau faite avec une porte passée au blanc de chaux. Dans la chambre, il y avait un lit recouvert d'un couvre-lit bleu, et rien d'autre. La cuisine blanche ne contenait qu'une table non peinte. Harry y avait suivi Binnie.

- Asseyez-vous, dit-elle. Enlevez votre manteau.

- Où est-ce que je m'assieds ?

- Où vous voulez.

- Vous ne semblez pas avoir beaucoup de meubles.

- Mon libertin édouardien de père a tout pris.

Elle fit glisser une des chaises disposées autour de la table.

Harry s'assit et posa par terre son sac crasseux rempli de livres. Il contenait plusieurs opuscules sur Vermeer qui lui étaient nécessaires pour sa thèse.

- Il semble que je me sois bien planté à votre sujet, dit-il.

- Il semble que oui. Comment prenez-vous votre thé ?

- Avec du lait et un peu de sucre.

Ils retournèrent au salon et, sa tasse à la main, il s'assit sur le canapé. Binnie s'assit devant la porte qui faisait office de bureau.

- Alors ? dit Harry.

- Alors quoi ?

- Dites-moi où je me suis planté.

- Inutile. Vous n'avez qu'à regarder autour de vous.

- Je veux dire : d'où venez-vous ?

Binnie défit ses macarons. Deux torsades de cheveux se répandirent sur ses épaules.

- Mon père est un espion et ma mère est gardienne de zoo. Grand'ma enseigne la culture anglo-saxonne dans une université uruguayenne, débita-t-elle d'un ton neutre.

Harry, de son canapé, l'observait. Elle ressemblait à la *Jeune fille aux boucles d'oreille en perles*. La regarder le rendait triste. Il se sentait sali, et ridicule. Il éprouvait soudain une envie folle de lui dire la vérité, la vérité sur tout : le renvoi du lycée de Murray pour consommation de drogue, sa propre thèse, les visites au musée qui lui tiraient presque des larmes ; il voulait lui expliquer pourquoi il l'observait avec tant d'insistance, son trouble à l'idée qu'elle devait le prendre pour un imbécile et, à ce titre, le détester. Les mots se précipitaient au fond de sa gorge mais, en voyant ce visage lisse et flegmatique, il se censura.

- Je veux savoir qui vous êtes, dit-il.

Binnie croisa les jambes et s'appuya au dossier de sa chaise.

- Non, vous ne le voulez pas vraiment. N'êtes-vous pas déjà assez triste que je ne vive pas dans une grande maison de Brooklyn avec ma grand-mère ?

- Non, répondit tristement Harry. Ces inventions, c'était seulement parce que je ne savais rien de vous.

- Vous ne savez toujours rien. Et demain, vous m'inventerez une autre vie, n'est-ce pas ?

- Au point de ridicule où j'en suis, puis-je vous poser encore une question ?

- Allez-y.

- Avez-vous des boucles d'oreille en perles ? Des pendants en forme de poire ?

- Non.

- Parce que vous ressemblez à la jeune fille d'un tableau qui porte ce type de boucles d'oreille.

- Désolée, dit Binnie en refaisant ses macarons.

- Bon, je vais y aller. Merci pour le thé. Vous reverrai-je ?

- Bien sûr. Demain, comptoir-caisse n° 3, dit-elle en l'aidant à passer son manteau.

Harry eut une quinte de toux en arrivant chez lui. Il était rentré à pied - soixante-cinq pâtés de maisons ; il était si égaré qu'arrivé devant la porte de son immeuble, il avait sorti son portefeuille pour payer le taxi qu'il n'avait pas pris. Allumant la lumière, il s'assit sur son fauteuil recouvert de tapisserie, placé sous son mobile, et fixa un long moment ses arbres en pots. Parmi des plantes tombantes, il y avait des reproductions de Vermeer. Au-dessus du canapé bleu marine, était accroché un vrai Odilon Redon. Au sol, il y avait un tapis persan. Au-dessus de son lit, trônait la pièce maîtresse, celle que son père appelait « La cerise sur le gâteau », un cadeau de La Grosse Prune : une huile du port de Delft, d'un maître contemporain de Vermeer. On la lui avait offerte quand il avait eu son bac.

Harry, assis sur son fauteuil, faisait jouer l'articulation de sa cheville. L'idée de l'appartement vide de Binnie, au regard du nombre de ses propres possessions, le dérangeait. Il la revoyait défaire ses macarons et croiser les jambes. Il repassa mentalement leur conversation et conclut qu'elle avait été aussi vide que l'était son appartement. Une vie spartiate, se disait-il, économe et pure. Peut-être avait-elle fui un appartement comme le sien - c'était une fille dégoûtée des possessions qui, par rebellion, avait fait le nettoyage par le vide et travaillait comme caissière dans un supermarché par dépit. Oui, cela collait avec son profil : elle était furieuse d'avoir un père, disons, historien de l'art, une mère cultivée et une maison remplie de Meissen et de Caravage - deux, au moins.

Il soupira et alla s'asseoir à son bureau. Il prit une feuille vierge et écrivit :

La cadence chez Vermeer

« "Cadence" n'est pas un terme fréquemment appliqué à la peinture. Je l'utilise ici pour inférer la façon dont la lumière devient, non pas la couleur, mais une entité en soi.

Considérons la cadence comme la façon dont laquelle un emboîtement ou une juxtaposition de couleurs, avec sa force d'intensité propre, jaillit pour culminer en un point qui, de fait, peut être plus, ou moins lumineux que celui de son commencement. La lumière dans les œuvres de Vermeer n'a rien à voir avec le placement de la couleur. Pour la première fois, la lumière n'est pas la couleur : elle est autre chose. Quelque chose qui, de fait, n'a rien à voir avec la peinture. »

Harry s'arrêta pour penser à Binnie. Un survol mental, en quelque sorte : assis dans son perchoir de directeur, il la regardait vivre d'en haut. La voir verrouiller sa caisse enregistreuse à la fin de la journée le rendait toujours mélancolique, et c'était de la mélancolie qu'il éprouvait maintenant en pensant à elle. Il se sentait comme un homme dans un tableau de Rembrandt : teinté de brun, la couleur du désenchantement né de l'expérience.

Il regarda sa thèse, ou plutôt le tas de paperasses qui deviendraient sa thèse, et soupira de nouveau. Il était partagé à propos de cette histoire de Vermeer, et il était partagé à propos de cette histoire de supermarché. Être coupé en quatre, c'était beaucoup - cela compliquait la vie. Dans la journée, sa thèse le grignotait ;

et le soir, quand il s'asseyait à sa table pour la rédiger, il se souvenait que deux caisses de ginger ale étaient arrivées gelées, qu'on avait été obligé de renvoyer des camemberts faits à un point qui en était choquant, et qu'après avoir essayé pendant des semaines d'écouler le porc fermier aux haricots blancs de la marque Humbolt, on se retrouvait avec cinq caisses d'invendus sur les bras. Dans la journée, il rêvait que son perchoir de directeur de supermarché se transformait en la chapelle Sixtine ; des paniers de porcelaine débordaient de fruits fabuleux. Il rêvait d'un coulis de tomates nommé Vermeer. Binnie errait à travers le supermarché vêtue d'une robe de brocart. Sa caisse enregistreuse était en nacre. Souvent, son visage apparaissait sur l'étiquette d'une marque de pêches en boîte. Et quand elle faisait sa caisse, celle-ci crachait ses totaux sur un drapeau de soie. Il entendit un petit gong de mélancolie sonner dans sa tête et s'endormit à son bureau sans avoir enlevé sa veste.

Assis dans son perchoir de directeur, Harry contrôlait les reçus pour les jus d'orange. C'était un jour tout neuf. Il se sentait souvent noble, assis là, un peu supérieur, comme si le magasin devait se sentir honoré de sa présence érudite. Il comprenait qu'en réalité, il n'était rien : Max et Charlie en savaient plus que lui sur l'empaquetage, l'expédition, les contrats de transport maritime des marchandises, l'entente illicite sur les prix entre firmes. Mais son père disait souvent que produire un intellectuel était le signe infaillible qu'une famille avait réussi, et l'intellectuel, c'était Harry. Ce dernier pensait néanmoins que cette attitude le forçait à se sentir important, alors qu'en réalité, il se sentait absent, pétrifié, fourbu - en un mot, sonné. De sa journée de travail, ne semblait lui rester que les heures passées à observer Binnie Chester tout en tentant d'organiser les expéditions de café. Son père lui avait dit que travailler à La Grosse Prune serait bon pour lui - tous les Markham y avaient travaillé. Que ce serait bon pour sa thèse, car l'intellectuel ne doit pas ignorer les réalités du monde - un monde peuplé de Max, de Charlie, de Butch et de Arleen Solidark. De plus, avait ajouté son père, travailler dans le commerce créerait chez lui une soif d'art, de sorte que lorsque Harry rentrerait chez lui le soir, il se mettrait à sa thèse comme l'affamé se jette sur un festin.

La journée de Harry commença vraiment quand Binnie Chester entra. Le temps était couvert ; les rangées de bouteilles et de boîtes de conserve, et même les paquets de détergent, luisaient faiblement dans la lumière pâle et nacrée. Binnie se glissa silencieusement devant la caisse du comptoir n° 3 et noua la ceinture de sa blouse d'uniforme. Quand elle se pencha pour vérifier que le rayon des sacs en papier était rempli, Harry remarqua qu'elle bougeait comme une danseuse. Il la vit mentalement à Minneapolis, une ville qu'il imaginait vaste et ouverte aux arts, un peu comme Saint-Pétersbourg. Elle était dans une grande salle blanche décorée de pâtisseries en stuc semblable à une salle du musée de l'Ermitage. Dehors, on voyait une vaste étendue neigeuse et des pins très verts. Binnie, vêtue d'un collant pastel, s'entraînait à la barre. Un chauffeur lui avait posé un plaid sur les genoux avant de la conduire en limousine à son cours de danse. Il faisait très froid à Minneapolis. Seule dans cette grande salle, elle exécutait une série de virevoltes et de pirouettes.

À la fermeture, il la rattrapa à la porte.

- Avez-vous pris des cours de danse ?

Binnie le regarda. Quand il vit son visage, il eut envie de se détourner. Les commissures de ses lèvres tombaient et ses yeux étaient fatigués. Elle semblait avoir mal quelque part.

- Écoutez, lui dit-elle. Trop, c'est trop. Laissez-moi tranquille avec vos élucubrations. Allez écrire un roman sur l'American Ballet Theater. Nouant son écharpe, elle se mit à courir, les genoux un peu en dedans. Elle tourna le coin de la rue et disparut.

Murray, le cousin de Harry, était censé acquérir le sens des responsabilités à La Grosse Prune.

- Je perds mon temps, ici, vieux. Et toi aussi, dit-il.

- C'est bon pour ma thèse, dit Harry. C'est le principe des contraires.

- C'est quoi, ce truc ?

- Ça veut dire que le commerce de l'alimentation n'a rien à voir avec l'histoire de l'art et Vermeer, mais qu'il m'offre des conditions de vie quotidienne qui sont antithétiques de ma thèse et, conséquemment, exercent sur moi une pression propice à la rédaction de celle-ci. Tu piges ?

- Non.

- Je me demande pourquoi on t'a accepté au lycée, Murray.

- N'oublie pas qu'on m'a flanqué dehors, vieux, dit Murray.

Cinq jours s'étaient écoulés depuis que Binnie avait planté Harry devant La Grosse Prune. Elle était aussi inexpressive qu'une pomme ; elle regardait à peine les clients en enregistrant le contenu de leur Caddie. Harry, du haut de son perchoir de directeur, la regardait tristement. Il se sentait écorché et vulnérable comme un légume pelé ; il avait tout le temps envie de pleurer. Il lui arriva même de le faire, sur un bon de commande vert. Les larmes coulaient sur ses joues et il était soulagé d'être à l'abri des regards. Il ruminait au sujet de Binnie, au sujet de sa thèse, et au sujet de Murray, à qui on lui avait demandé de faire la leçon car, depuis une semaine, il arrivait en retard le matin.

Il invita Murray à déjeuner. Au coin de la rue du supermarché, il y avait un modeste petit restaurant italien où ils commandèrent chacun un plat de palourdes.

- Écoute, Murray... commença Harry.

- Oui, écoute quoi ?

- Primo, tu n'arrives pas à l'heure. Secundo, ils pensent que ton rendement est insuffisant.

- Ouais, ouais, dit Murray en épinglant une palourde avec la pointe de sa fourchette.

- Tu dois m'écouter, dit Harry.

- Tu m'emmerdes, vieux. C'est toi qui vas m'écouter : tu arrives à l'heure, mais tout ce que tu sais faire, c'est rester assis sur ton derrière, chialer et regarder Binnie.

- Chialer ? hurla Harry. Binnie ?

- Ben, ouais. Murray fixa son cousin de ses yeux vitreux. J'arrive peut-être au travail défoncé, vieux, mais j'ai encore le sens des réalités.

- Quelles réalités ? demanda doucement Harry.

- Cette histoire avec Binnie dérape, dit Murray.

- Quelle histoire avec Binnie ?

- Vieux, j'ai des yeux pour voir. Tu restes assis là-haut comme si tu jouais à chat perché, et tu la fixes avec des yeux de veau. Je te vois faire.

- Qui d'autre le sait, Murray ?

- Il n'y a rien à savoir. Tu fixes, point final.

- Murray, dit Harry en se penchant sur ses palourdes, que sais-tu d'elle ?

- Rien. C'est une chouette nana.

Harry coinça Binnie à la porte de chez elle.

- Tiens, La Grosse Prune, dit-elle d'un ton égal.

- Vous ne trouvez pas injuste de tout savoir sur moi alors que je ne sais rien sur vous ?

- Non, dit Binnie.

- Il *faut* que vous me le disiez : qui êtes-vous ?

- Vous le savez, puisque c'est écrit sur ma blouse : Binnie Chester.

- Mais pourquoi travaillez-vous au supermarché ? Vous n'êtes pas comme les autres caissières.

- Peut-être qu'on m'a renvoyée du lycée parce que je prenais de la drogue, comme Murray.

- Personne ne connaît cette histoire.

- Que vous croyez. Et vous, que faites-vous dans ce supermarché. Et qu'est-ce que Murray y fait ?

- Murray doit apprendre à devenir quelqu'un de responsable, et moi, j'y suis parce que c'est l'antithèse de ma thèse et que c'est bon pour moi de connaître un autre aspect de la vie.

- Je vois, dit Binnie. Eh bien, moi, j'y travaille parce que j'aime ça.

- Vous *aimez* !

- C'est vous, le propriétaire. Vous trouvez qu'on y traite mal le personnel ?

- Heu... non, dit Harry sans conviction.

Binnie le regardait. Rien dans son visage n'indiquait qu'elle plaisantait. Elle, pour sa part, remarqua que ses yeux étaient bleu outremer, et elle y lut du désarroi.

- Entrez. Je vais vous faire du thé, dit-elle.

Binnie but son thé devant la porte qui tenait lieu de table. Harry était assis sur le canapé.

- Vous aimez ça, hein ?

- Quoi, ça ?

- Agencer une foule de petits détails pour en faire un beau tableau bien net.

- Je suis une sorte d'historien de l'art, marmonna Harry.

- Dans votre cas, je doute que l'« autre » aspect de la vie ait plus de réalité que le précédent.

- Je voulais juste savoir...

- Je *sais* ce que vous vouliez savoir. Et maintenant, je vais tout vous dire : j'ai vingt-cinq ans, je viens de Minneapolis. Mon père est contremaître dans un dépôt de bois de construction et ma mère est une femme au foyer. Avant, j'étais caissière dans un Safeway de Minneapolis. Aujourd'hui, je le suis ici.

- C'est vrai ? demanda Harry.

- C'est la première version. Voici la seconde : j'ai vingt-cinq ans. Je viens de Minneapolis. Mon père est mathématicien et ma mère est médecin. Je suis allée à l'université de Chicago où j'ai passé mon diplôme d'histoire européenne. Si je travaille maintenant à La Grosse Prune c'est pour connaître un autre aspect de la vie. Choisissez la version que vous préférez. Quelle qu'elle soit, elle vous dépannera.

- Que voulez-vous dire ?

- Eh bien, Grosse-Prune, maintenant vous avez deux cornets de glace. Vous avez même le choix du parfum. Prenez celui qui vous plaira et allez finir votre petite thèse sur vous-même.

- Je ne comprends pas, dit Harry.

- Ça ne m'étonne pas, dit Binnie. Elle sourit. Puis elle cessa de sourire. Vous ne savez même pas où il faut s'arrêter. Vous ne savez même pas avec *qui* il faudrait ne jamais commencer.

- Que suis-je censé croire, alors ? À votre propos, je veux dire.

- Ce qui vous arrange. C'est *votre* thèse. Vous pouvez même prendre les deux versions. De toute façon, ça n'a rien à voir avec moi.

Elle se leva, fit une absurde pirouette de danseuse et lui ouvrit la porte.

- Je suis sérieuse, ajouta-t-elle.

- Sérieuse à quel propos ?

- À propos de tout, dit Binnie.

Elle lui tendit son manteau.

- À demain, marmonna-t-il dans son col.

Une fois dans la rue, Harry se sentit aussi destructeur que quelqu'un qui vient de lancer un grand pot de goudron sur la *Dame à la Licorne*. Aussi destructeur que la grande crue de Florence. Au début, il avait cru qu'il ne voulait que courtiser une jolie fille et l'inviter à dîner. Mais ce n'était pas ça. Binnie savait aussi que ce n'était pas ça. Allez finir votre petite thèse sur vous-même, lui avait-elle dit. Qu'entendait-elle au juste par là ? Et lui, que voulait-il savoir au juste ? Et pourquoi le voulait-il tellement ?

Il marchait à grands pas, au hasard ; il avait tout d'abord pris le chemin pour rentrer chez lui, puis était revenu sur ses pas comme pour retourner chez Binnie, puis était reparti dans l'autre sens. Il ne se sentait nullement apaisé. Finalement, elle ne lui avait rien dit du tout.

## Le sourire derrière le sourire

Un homme, une femme et un petit garçon sont assis côté restaurant d'un bar de quartier. On est en janvier et il fait froid. C'est l'heure paresseuse de l'après-midi où la foule du déjeuner est déjà partie, et les habitués, pas encore arrivés pour boire un verre. Deux femmes, lasses d'avoir fait des courses, s'attardent devant leur hamburger et fixent la jolie famille installée à la table voisine d'un regard sans-gêne.

L'homme, la petite trentaine juvénile, a des airs de faune. La femme, d'environ ving-cinq ans, a un corps souple, des cheveux bouclés et d'immenses yeux gris. Ils sont vêtus avec un chic décontracté - jeans et pulls en cachemire. Le petit garçon est assis entre eux ; c'est un enfant d'une rare beauté, aux cheveux blond-blanc, qui joue avec un morceau de pâte à modeler.

L'homme s'appelle Andrew Dilks. L'enfant, William Brownwyn Dilks, dit Brownie, est son fils. La jeune femme s'appelle Rachel Manheim et elle est très consciente des regards fixés sur eux. Elle a l'habitude.

Car ils sont beaux : Brownie l'est à part entière, Andrew et

Rachel, pour ainsi dire par réverbération ; pris individuellement, ils sont séduisants, mais c'est surtout le couple qu'ils forment qui est frappant. Ils ont été amants un an auparavant et se sont séparés dans la douleur, sans avoir vraiment renoncé l'un à l'autre. Ils n'ont pas communiqué depuis longtemps - Rachel vit à New York et Andrew, à Boston -, mais ils restent aussi liés que s'ils vivaient ensemble. Andrew ne s'interroge nullement sur la nature de ce lien, qu'il vit, grosso modo, comme un magnétisme doublé d'un pouvoir. Il est magnétisé par Rachel, qui, réciproquement, subit le pouvoir d'attraction qu'il a sur elle. Rachel a passé toute une année sans pouvoir oublier Andrew, et elle commence seulement à comprendre que ce qui les unit n'est pas gai. Rien de bon ne peut plus leur arriver malgré une ardeur et une spontanéité renouvelées.

Ils se sont rencontrés de la façon la plus légère du monde : des amis les ont présentés à un dîner. C'était le soir du nouvel an, et ils sont tombés amoureux dans des conditions idéales : aucun des deux ne l'a cherché, et, quand cela s'est produit, ils ont mis cet état au compte de la fatalité, ce qui les dédouanait. La vie d'Andrew est un tissu d'obligations, qu'il multiplie peut-être à loisir. Il est en train de divorcer de Carol Brownwyn. Ses responsabilités sont ce qu'il souhaite qu'elles soient - innombrables, et incontournables : Brownie, les formalités de divorce, les avocats, ses parents. Il vit comme on court un décathlon. Comme le lui a souvent dit sa chère Rachel, c'est commode : mieux vaut courir que souffrir.

Lui et Rachel se sont séparés peu avant que son divorce soit prononcé. Mais, avec le divorce, a surgi une nouvelle liste de problèmes : garde de l'enfant et versement de l'allocation le concernant, arrangements avec les grands-parents, etc. Quand il n'est pas absorbé par ces sujets ingrats ou par son travail - il enseigne les mathématiques pures à des étudiants de troisième cycle -, l'image de Rachel flotte devant ses yeux. Qu'il l'ait blessée ne lui vient pas à l'idée. Il pense simplement à elle, à ses cheveux, son visage au repos, la forme de ses épaules, son rire, le sourire qui éclaire son visage. Tard le soir, à demi endormi, il compose dans sa tête des lettres passionnées et confuses à son intention ; il les oublie le lendemain mais elles lui laissent l'impression vague qu'il *doit* faire quelque chose à son sujet - quoi, exactement, il n'en a pas la moindre idée.

La vie de Rachel est également bien remplie - mais pas de corvées. Elle travaille pour une boîte qui fait le commerce des livres rares, elle a une vie mondaine et beaucoup d'amis fidèles. Elle aime son travail et songe à écrire une monographie sur un imprimeur italien du XVIIIe siècle. Il ne se passe pourtant pas un jour - pas même une minute -, sans qu'elle pense à Andrew. Il plane sans cesse au-dessus d'elle. Il s'assied à côté d'elle dans l'autobus. Elle reconnaît ses inflexions dans sa propre voix. Elle se surprend à utiliser des tournures de phrases qui sont les siennes.

Ils ne se sont pas vus depuis un an, et le déjeuner en question est pour eux des retrouvailles. Le temps n'a pas atténué ce qu'ils ressentent. Ils ne peuvent pratiquement pas se quitter des yeux malgré le regret et la lassitude qui les lestent. Leur histoire et ses retombées les a tous deux marqués. Chacun a tellement ruminé la rupture que ses détails (il lui a promis ci, elle lui a répondu ça) sont largement éclipsés par l'événement lui-même. Du coup, ils se conduisent maintenant comme s'ils étaient les victimes d'un fait indépendant de leur volonté. Pourtant, ils s'aiment, mais dans ce genre de situations l'amour ne suffit pas. Rachel a écrit à Andrew une lettre terrible. Il se rappelle la lettre, mais pas ce qui l'a motivée. Rachel se rappelle la dérobade d'Andrew quand, après ses déclarations d'amour renouvelées, elle a suggéré que tous deux cessent de faire ces trajets contraignants et s'installent ensemble. Il s'est tout simplement dérobé, arguant des complexités de sa situation juridique et de son désir de conserver ce qu'il nomme une « image légale impeccable ». Quand Rachel l'interroge sur leur avenir, elle a l'impression qu'il lui prête l'idéalisme naïf d'une enfant qui babillerait sur la paix dans le monde. Bref, ils piétinent.

Les femmes de la table à côté continuent à les boire des yeux, mais qui ne le ferait pas ? Quand Rachel se regarde dans la glace, elle voit la source vive de son amour ternie par les malentendus, les contre-accusations et les feux croisés. Quand Andrew la regarde, il voit simplement la femme qu'il aime, qu'il aimera toujours. Deux êtres plus simples se seraient soit mariés, soit quittés définitivement. Mais les situations claires n'existent pas entre romantiques ; or Andrew et Rachel sont des romantiques endurcis. La privation et l'innocence sont le terreau de l'amour romantique. On est souvent tenté de soumettre celui-ci à l'œil scrutateur du psychologue, oubliant alors qu'il est une attitude existentielle, et non un ensemble de symptômes cliniques.

Leurs deux voisines bavardent, leurs achats posés à leurs pieds, tout en prêtant une oreille indiscrète à ce qui se dit à la table à côté. Elles boivent leur Coca-Cola en contemplant ce couple doté d'une telle charge attractive et s'offrent à bon compte une émotion esthétique. Elles ne perdent pas un mot de ce que Rachel, qui aurait jadis tant souhaité être sa belle-mère, dit au petit Brownie. Elle lui montre comment fabriquer une forme humaine avec son bout de pâte à modeler jaune et sali. Andrew demande :

- Tu te souviens, Brownie, quand maman t'a offert cette pâte à modeler ? Elle t'a dit que tu pouvais fabriquer plein de choses avec.

- Maman est allée faire du ski, dit Brownie.

- Elle va bientôt rentrer, dit Andrew.

À ces mots, les deux femmes se détournent. Un peu du charme de la scène s'est dissipé. Ainsi, la belle n'est pas la mère... Ce qu'elles observent depuis un moment n'est donc pas une famille exceptionnelle mais un homme divorcé, son enfant et une pauvre fille qui s'est fourrée dans un guêpier certain.

Les citadins ne peuvent éviter d'ouvrir leur vie aux étrangers rencontrés dans les lieux publics. Quand on est amoureux, avec bonheur ou sans espoir, tous les yeux sont fixés sur vous. Le monde est rempli de femmes, des citoyennes anonymes ou des voisines, qui sirotent du Coca en vous observant avec envie, pitié ou désapprobation. Si, à son tour, on se soucie de les regarder, on peut se demander qui elles sont, ce qu'elles veulent ou quel amour passé hante leur vie. Mais Andrew et Rachel, bien sûr, ne regardent pas ces femmes. Car, dirigé vers le grand Autre, l'amour est un passe-temps bien trop absorbant pour se soucier de la multitude des petits autres, bien moins ensorcelants que vous. Une grande passion enseigne à quiconque doté d'un peu de jugeote une ou deux choses sur l'esthétique - entre autres que l'amour, au même titre que la peinture, est un artifice.

Certains trouvent Andrew Dilks quelconque. Il a des yeux ronds, un nez plat et des cheveux ondulés. Une de ses dents de devant est de travers - une imperfection plutôt charmante -, mais une foule d'hommes sortis des meilleures universités ont ce type de dentition. Quand Andrew est en compagnie de Rachel, il n'est plus du tout quelconque : il rayonne. Rachel est, selon tous les critères en la matière, une jolie fille, mais dans son état présent d'amour, de désir et de trouble, elle est vraiment splendide. C'est peut-être un cliché de dire que la beauté est dans les yeux de celui qui regarde, mais c'est vrai - du moins en peinture. Dans la vie, en revanche, on sent que cette phrase fourre-tout est réductrice car elle se contente de couvrir les caprices du goût subjectif, or, s'agissant d'êtres humains mus par leurs émotions, un constat s'impose : la seule foi en la beauté de l'Autre rend cet Autre beau. Andrew trouve Rachel belle, et son regard de spectateur suprême a le pouvoir d'opérer en elle tous les changements. Une pièce entière bourrée de gens la trouverait sublime dans ces conditions.

Ce n'est pas un hasard si l'amour trouve une forme d'expression privilégiée dans la poésie. L'amour n'a rien à voir avec la personnalité. Il est une question de forme. Bien plus, dans le cas de Rachel - qui tenait pourtant à le traduire en termes émotionnels - on pourrait dire que l'amour romantique n'a rien à voir avec un engagement quelconque ou avec le mariage. Il n'a rien à voir avec le contenu. Il n'a à voir qu'avec l'amour.

Dans ses aspects les plus simples, l'amour est domestique. Prenons par exemple Rachel et Andrew ensemble, mais cette fois en privé. Ils sont dans l'appartement de Rachel. Il est une heure de l'après-midi. Andrew lui fait face. Ils sont debout devant la cheminée. Il vient de sonner chez elle avec le vague espoir de l'y trouver. Non par pur caprice : il pensait venir la voir dès qu'il en aurait eu l'occasion, or il l'a. Lui et Brownie sont à New York chez les parents d'Andrew, puisque ce dernier a la garde de son fils pour les vacances de printemps. Andrew est très aidé dans cette tâche par la présence sur les lieux d'une cuisinière, d'une femme de ménage, d'un concierge et de deux grands-parents, qui ne sont que trop heureux d'emmener le petit ange au zoo, ou tout simplement de veiller sur son sommeil. Brownie est justement en train de faire sa sieste, quelque part dans les beaux quartiers.

Accroché au-dessus de la cheminée, un miroir reflète les profils d'Andrew et de Rachel. Leurs genoux tremblent, ils ont les mains froides. Ils sont en proie au désir rampant de s'enlacer et de déclarer, au diable tout cela : de s'embrasser et d'effacer tout le reste. Rachel peut presque sentir les lèvres douces d'Andrew sur son front. Ils se tiennent si près l'un de l'autre qu'ils se touchent presque. Ce serait si facile de rompre le charme qui les tient éloignés... Deux personnes plus simples le feraient, surtout avec une histoire moins lourde derrière.

Rachel a déjà demandé à Andrew pourquoi il surgit ainsi à l'improviste. Il lui a déjà répondu qu'il est simplement passé voir si elle était là. Elle s'est déjà demandé si la présence de Brownie à New York était liée à cette visite : c'est tellement plus agréable de passer un moment avec son enfant et son ancienne maîtresse que seul avec son fils, non ? Cette question, elle ne la pose pas malgré son envie de le faire, car elle sait à quel point elle blesserait Andrew - et à quel point elle est proche de la vérité. Elle sait aussi - car cette scène, jouée et rejouée cent fois dans le passé, a contribué en grande partie à leur déclin - que si, attendrie par l'inflexion caressante de sa voix et par son air perdu, elle cède, il lui dira quelques heures plus tard avec beaucoup de tristesse qu'il doit partir. Il doit s'occuper de Brownie, penser à son image légale et rendre des comptes à ses parents. Elle sait que, tandis qu'il se tient là, sous le charme, il calcule le temps qu'il peut se permettre de passer avec elle. Ces visages dans le miroir n'ont pas d'avenir ensemble.

Rachel dit :

- J'aurais préféré que tu ne viennes pas. J'ai envie de te voir à un point que tu n'imagines pas, mais j'étais en train de me ressaisir et de t'oublier. Ta visite me ramène en arrière, surtout sachant que tu viens ici sans but précis ; et Brownie est avec toi, donc en réalité tu ne peux te permettre de me voir.

Durant ce discours, s'opère sur le visage d'Andrew la subtile mise au point qui a fait que Rachel est tombée amoureuse de lui au début. Le doux sourire de satisfaction s'efface, remplacé par quelque chose de délicatement transi. Il ouvre tout grand des yeux débordants de chagrin et de tendresse. Rachel tressaille. Ce regard, c'est la lumière du phare de la voiture qui va l'écraser. Il pose ses bras sur ses épaules et place sa joue chaude très près de la sienne.

- Dieu que je t'aime, Rachel... Je t'ai toujours aimée. Tu es l'ange assis sur mon épaule. Le soir, quand je travaille, je te parle. Je ne peux plus penser sans ta présence à mes côtés.

Cela dit d'une voix à fendre le cœur. Rachel a d'ailleurs mal à gauche, quelque part sous les côtes ; elle se souvient que, chez elle, les moments de déception, de cafard les plus intenses s'accompagnent toujours de terribles accès de lucidité. C'était vrai alors, et c'est encore vrai aujourd'hui. Le bel Andrew Dilks, qui la regarde souvent de si près quand elle parle que ses lèvres bougent en même temps que les siennes, est en train de se livrer à une brillante imitation d'un être humain, sauf que, dans son cas, les proportions sont inversées : son intensité ne vient pas d'un excès de sentiment mais d'un manque de sentiment. Une simple compensation, en quelque sorte.

Pourtant la beauté fait vendre un produit à tous les coups, et Andrew Dilks n'a jamais trouvé un aussi bon public que Rachel Manheim. Il lui vend donc la seule chose qu'il ait : un petit besoin d'elle, vite satisfait. Si elle pleure, si elle lui dit qu'elle l'aime, il s'en ira, non pas heureux, mais apaisé. N'empêche qu'il s'en ira. Va-t-elle lui crier : *Va-t'en* ? Eh non, car malgré tout, Rachel ne peut pas vraiment croire que ce qu'il veut, ce qu'il est venu chercher, c'est une petite injection vite faite de pur esprit, une recharge émotionnelle qui le rattachera de nouveau à l'espèce humaine.

Rachel travaille à plein temps pour la famille Meyerhoff, qui, depuis quatre générations, est spécialisée dans le commerce du livre rare. Après trois ans de cette activité, elle est devenue une sorte d'expert, mais cela la déconcerte toujours de constater que les bibliophiles s'intéressent parfois plus à la reliure qu'au contenu. Elle a vu des hommes adultes dépenser des fortunes pour un livre illisible habillé d'un cuir frappé d'or. En contemplant Andrew, qui la tient toujours sous le feu de son regard aimant et tourmenté, elle se dit que, décidément, elle n'exerce pas son métier par hasard : ce qu'elle a devant les yeux, c'est une belle reliure de plus, un non-texte dans l'habit de luxe des pseudo-émotions. Andrew l'aime peut-être sincèrement, mais il ne restera pas avec elle, il ne l'épousera jamais, ne s'arrangera jamais pour lui faire une place dans sa vie, ne lui promettra jamais rien, sauf de l'aimer toujours, où qu'il soit - et ce sera probablement le plus loin d'elle possible. Quelle amoureuse romantique pourrait refuser un tel cadeau ?

Revenons maintenant à une autre situation, antérieure, qui a pour cadre un lieu public. Andrew et Rachel sont assis dans un petit café de Cambridge, Massachusetts. C'est le printemps. Des bourgeons duveteux rose dragée viennent tout juste d'apparaître. Rachel est venue passer le week-end avec Andrew - c'était son tour de faire le trajet. Ces trajets alternés et continuels durent depuis leur première rencontre. Rachel commence à être lasse de l'effort qu'ils exigent de leur part. La vie serait tellement plus facile sans avoir à se soucier des horaires de train ou des tarifs de billets d'avion, sans se sentir pressés par le temps. En somme, la vie serait tellement plus facile si elle était *normale*.

Andrew lit le journal. Il le pose soudain pour la regarder. Son sourire se dilue en une expression de joie pure.

- Incroyable ! c'est toi ! dit-il. Que tu sois ici avec moi me cause un étonnement perpétuel. Quand tu n'y es pas, je lève les yeux, m'attendant à te voir, mais il n'y a personne. Quel veinard je suis ! Tu vois, je n'ai qu'à tendre le bras pour te piquer la moitié de ton croissant.

Ce discours - ou ses nombreuses variantes - fait que Rachel se sent une étrangère de passage.

- Eh bien, dit-elle, arrangeons-nous pour que je sois davantage ici. Les Meyerhoff ne sont pas les seuls vendeurs de livres rares au monde.

- Et chaque matin, quand je tendrai le bras, je te trouverai couchée près de moi, poursuit Andrew.

- Je ne crois pas que ce soit très difficile à arranger. Je suis venue très souvent à Boston pour affaires. Je connais les gens qu'il m'est utile de connaître.

- Et le soir, quand j'entamerai mon dialogue rituel avec toi, je n'aurai pas besoin de te conjurer. Tu seras là...

- Je pourrais appeler Fabian Mossman. Je l'ai rencontré il y a quelques mois. Il a un magasin à Beacon Street.

- Il faudra que je t'enferme dans un placard. Et on sera obligé d'avoir deux lignes téléphoniques. Pense au travail que je ne ferai jamais avec toi dans les parages...

- Oh, arrête, Andrew. Inutile de me répéter sans arrêt que je te manque si tu te dégonfles quand je te propose de venir vivre avec toi.

Au même moment, la serveuse leur apporte l'addition, fort opportunément pour Andrew. Après, lorsqu'ils arpentent les salles du musée Busch-Reinsiger, ce genre de conversation leur semble inapproprié.

Un vrai roman de chevalerie : ne prononcer que les paroles nécessaires, sous le masque de l'« approprié ». Comme l'a souvent pensé tout haut Andrew en présence de sa bien-aimée Rachel, « qu'existe-t-il de moins approprié qu'une lingerie de femme voisinant avec des chaussettes d'homme sur le porte-serviettes de la salle de bains ? » Autrefois, des gens se pâmaient à la pensée d'un simple baiser. Qui se pâmerait aujourd'hui à la pensée de la vaisselle à faire et du contrôle des naissances ? L'amour est un phénomène sans âge ; ou plutôt, l'amour a seize ans et vit à la cour d'Angleterre au XVIe siècle - celui du poète anglais Thomas Wyatt. Personne ne décrit mieux que lui - pauvre Sir Thomas Wyatt ! - les tactiques d'attaque-fuite qui sont l'essence de l'amour courtois. Rachel a lu ses sonnets à Andrew dans la baignoire.

Les chefs-d'œuvre de l'art sont ceux où tout s'emboîte parfaitement ; où chaque partie révèle le tout. L'histoire d'amour d'Andrew et Rachel entre dans cette catégorie. Sans cela, pourquoi Rachel lirait-elle à Andrew des poèmes d'amour courtois dans la baignoire ? Et pourquoi Andrew définirait-il les visites de Rachel comme de véritables festins ? Parce que l'opposé du festin c'est la disette, et, pour Andrew Dilks, c'est tout l'un ou tout l'autre. Pour lui, pas de moyen terme. La modération n'est pas dans l'esprit de la chose. Après tout, l'amour courtois, par tradition, est un amour contrarié. Si Rachel veut être adorée ainsi, elle doit être prête à en payer le prix. Ce ne sont pas les conforts d'une gentille petite vie domestique qui vous poussent, tout brûlant de passion, dans la navette New York-Boston et vice versa ;

ou qui grèvent votre budget de monstrueuses notes de téléphone. Rachel, qui n'en a jamais eu l'occasion, se demande comment ce serait de vivre avec Andrew. Ce serait merveilleux, conclut-elle, pauvrette qui ne voit pas au-delà des plaisirs que procure une totale disponibilité. Bien sûr, les amis qui les ont présentés lui ont donné quelques raisons pour lesquelles le mariage d'Andrew a capoté. Par exemple, il insistait pour éteindre le chauffage en plein hiver et pour dormir avec la fenêtre ouverte, prétendant qu'il lui fallait être complètement refroidi pour arriver à trouver le sommeil. Lorsqu'il avait arrêté de fumer, si sa femme tendait la main vers une des trois cigarettes ultralégères qu'elle fumait après dîner, il entrait dans une rage folle et l'envoyait fumer à la cave. Quand elle avait ramené un chaton perdu, il avait menacé de le noyer.

Rachel met tout cela au compte d'un couple mal assorti. Elle sait qu'Andrew est taquin - et parfois même cruel -, mais elle n'a jamais été directement victime de ses sarcasmes. En revanche, elle se souvient qu'il est un râleur chronique ; et que, quand ils étaient ensemble à New York, ils longeaient les murs comme des chiens battus par peur de tomber sur des amis de ses parents ou de Carol. Son image légale était en jeu, affirmait-il. Quand Rachel lui a rappelé que c'était Carol qui l'avait quitté, que c'était elle qui se plaignait des lenteurs de la machine judiciaire à régler une fois pour toutes leur divorce, il sortait son atout de sa manche : Brownie. Un père digne de ce nom ne pouvait se permettre d'avoir une maîtresse, disait-il. Quand Rachel lui suggéra qu'un père digne de ce nom pouvait se permettre d'être heureux dans une relation stable, il baissa la voix en évoquant ce qui se passerait si jamais Carol et lui se disputaient la garde de leur fils. Que Carol fût une bonne mère et qu'Andrew ne tînt pas du tout à être un père à plein temps était hors du sujet. Il lui fallait se préparer au pire : Dieu sait avec quelle facilité on se faisait avoir dans ce type de situations.

Rachel, une fille intelligente qui penche secrètement en faveur du rationnel, ne peut croire qu'Andrew l'aime autant qu'il le dit sans rien faire pour le lui prouver concrètement. Elle oublie pourtant qu'il y a une incompatibilité foncière entre l'intensité, la dramatisation émotionnelle de leurs rapports et une vie heureuse.

Revenons à leurs retrouvailles - cette froide journée d'hiver à New York où Andrew est passé à son appartement à l'improviste. Ils ont quitté celui-ci pour aller chercher Brownie chez les Dilks. Ceux-ci sont sortis, mais la bonne leur amène l'enfant, qui, mal réveillé, se frotte les yeux. Ils prennent l'autobus et se rendent dans un bar du quartier de Rachel pour que Brownie ait son hamburger quotidien et son verre de lait. « Brownie, tu te souviens de Rachel, n'est-ce pas ? » Rachel se souvient avoir emmené Brownie au zoo ; elle l'avait soulevé dans ses bras pour lui montrer les singes en émiettant pour lui des morceaux de son sandwich au beurre de cacahuètes et à la gelée. Elle se souvient que Brownie, qui l'a aimée d'emblée, s'accrochait à son manteau. Elle se souvient avoir posé un baiser sur ses cheveux blond-blanc.

- Non, croasse Brownie.

- Bien sûr que tu te souviens. Elle t'a emmené plein de fois au zoo. Rappelle-toi...

- Laisse-le tranquille, dit Rachel. Pourquoi s'en souviendrait-il ?

- Brownie n'avait alors que trois ans. Maintenant, il en a cinq.

Rachel est donc présentement assise à une table avec ce qu'elle aime le plus et ne peut avoir. Brownie, qui ne se souvient pas d'elle, réagit cependant avec chaleur à sa présence. Il malaxe un petit morceau de pâte à modeler en une forme qui évoque vaguement un chapeau.

Les femmes remettent leur manteau de castor et s'apprêtent à partir. La nuit tombe. Elles jettent un dernier regard au joli trio. L'homme et la femme semblent un peu tristes. L'enfant est absorbé dans son modelage - très concentré, pour un gamin de cet âge, pensent-elles.

Rachel sent qu'elle va crier si rien n'est résolu aujourd'hui. Puis elle se fait une raison. Non, elle n'épousera jamais Andrew, elle ne deviendra jamais la belle-mère de Brownie. Elle n'aura même pas une histoire d'amour digne de ce nom. Si elle accepte de revoir Andrew, il organisera leurs rencontres comme autant d'accidents de voiture : il y aura la collision, le choc frontal, puis il partira tôt en lui disant qu'il l'aime. Elle le regarde et songe : qu'avons-nous eu quand nous étions ensemble ? Bonne question : qu'ont-ils eu au juste ? Réponse : des sensations fortes, un concentré de pur esprit, une relation qui n'avait rien à voir avec la vie ordinaire. Et moi, à titre individuel, qu'ai-je eu ? Réponse : une formation poussée dans l'art de m'apitoyer sur moi-même, autant dire le *nec plus ultra* de la futilité.

Elle regarde Andrew. Il a eu ce qu'il était venu chercher : une dose d'émotion si forte que Rachel a du mal à croire qu'elle est simulée. Si elle le quitte, il continuera à passer de temps à autre chez elle ; il repartira regonflé, elle se sentira vidée. Andrew la contemple. Il lui dit :

- J'adore observer les changements d'expression sur ton visage. Voir le sourire derrière ton sourire.

Les deux femmes payent leur addition. L'une d'elles s'approche de leur table - c'est plus fort qu'elle.

- Quel enfant adorable, dit-elle. L'ultime rayon de la pâle lumière d'hiver frappe la table. Ce n'est pas si souvent qu'on voit des gens aussi beaux sous un éclairage aussi intéressant.

## L'ermite

Le désordre en tant que mode de vie a ses avantages, mais il ne peut être que temporaire. À l'époque sur laquelle je me penche, ma vie était un pur produit du désordre, quoique rien ne me permît de la qualifier de déplaisante. En effet, j'étais une désordonnée chanceuse. Les deux vont souvent de pair, comme l'or et la pyrite. Par exemple, j'avais de gros problèmes avec l'argent. Il s'envolait de ma poche et, à la fin de la semaine, je me demandais où il était passé. Mon carnet de chèques ressemblait, disait-on, plus à un poème en vers libres qu'à un sobre compte rendu des mouvements de fonds sur mon compte. Bien que je n'eusse aucune intention délictueuse, mes chèques me revenaient souvent, revêtus de la mention « provision insuffisante ». Certains reçoivent de leurs banques des lettres commençant par : « Vu la négligence et l'inconséquence avec lesquelles vous gérez votre compte, nous avons le regret de vous faire savoir que nous ne souhaitons plus vous avoir pour client. » Moi non. J'eus droit à un coup de fil d'un certain Dan Pirotta, un employé des services publicité de la banque, soucieuse de peaufiner son image. Il m'a dit d'une voix lasse : « Miss Greenway, si vous voulez bien venir un après-midi, je serai heureux de vous apprendre à vous servir d'un chéquier. »

J'avais également l'habitude de perdre mon portefeuille. Je le laissais sur les comptoirs et dans des taxis et, en général, on me le rendait - souvent avec l'argent qu'il contenait. Je conduisais mes études de façon aussi anarchique que je gérais mes finances, et, en fin de compte, je n'étais apte à rien. J'étais une étudiante enthousiaste, dotée d'une faculté d'attention brève mais intense, et j'attendais que quelque sujet passionnant s'offrît à moi. Comme cela n'arrivait jamais, je flottais d'une discipline à l'autre sans jamais me fixer. Résultat : à la fin de mes études, j'étais inemployable. Personne ne semblait avoir un boulot pour quelqu'un possédant mes « qualifications », à savoir un amour immodéré pour la poésie américaine, une simple sensibilisation à l'astronomie et une véritable fascination pour l'anthropologie culturelle dont les principes me demeuraient pourtant obscurs. Tout ce que je pus décrocher en quittant l'université fut un emploi de vendeuse de cartes postales, de calendriers et de posters dans la boutique de cadeaux d'un musée.

Après deux ans de ce travail, et après le cours de gestion financière prodigué par M. Pirotta, je réussis à économiser assez d'argent pour aller à Paris. Parvenir à mettre cette somme de côté fut l'acte le plus responsable de cette époque de ma vie.

Une fois là-bas, je m'en remis à la merci de mon cousin Charles, un garçon de beaucoup mon aîné qui travaillait en tant qu'architecte pour l'UNESCO. J'avais choisi Paris pour la simple raison que j'adorais faire étalage d'un français pourtant balbutiant. Charles avait jadis été mon baby-sitter. Je ne l'avais pas vu depuis des années mais, au premier coup d'œil, il décida que j'étais une de ces Américaines qui viennent chercher l'aventure à Paris. Comme, à l'évidence, il lui fallait bien faire quelque chose de moi, il m'envoya faire à pied le tour des églises et des cathédrales.

Peut-être pensait-il que pénétrer dans ces bâtiments me mettrait un peu de plomb dans la tête. J'étais censée passer le voir tous les après-midi pour qu'il pût s'assurer que je ne m'étais pas perdue, ou qu'on ne m'avait pas enlevée. À sa grande surprise, et à son grand soulagement, il découvrit que ce programme me captivait. Voilà enfin un sujet qui me passionnera toute ma vie, pensai-je. J'achetai un carnet, dans lequel je me mis à prendre des notes détaillées sur ce que je visitais.

Pour me récompenser de me montrer beaucoup moins nulle qu'il l'avait craint, Charles m'emmena en auto à l'abbaye de Saint-Wandrille-de-Fontenelle. Contrairement aux abbayes en ruine que nous avions vues en chemin, celle-ci était encore habitée par des bénédictins. Dans la chapelle, de la partie ouverte au public, je les entendais chanter les vêpres. Le fait que des moines vivaient toujours dans ces lieux m'émerveillait. Quelle sorte de vie menaient-ils ? Qui avait construit cet endroit ? Et selon quels principes architecturaux ?

Durant le trajet de retour, je harcelai Charles de questions. Quelle était la différence entre une cathédrale et une église ? Une abbaye et un prieuré ? Charles me répondit, puis il me fit parler. Il voulait connaître mes impressions. Il m'écouta patiemment tandis que je discourais d'une façon que je jugeais incohérente. De temps à autre, j'avais l'impression de dire des bêtises et je me taisais.

« Vas-y, continue, me dit Charles. C'est très intéressant. »

Je lui révélai que j'avais un carnet rempli de notes. Mon cousin me dit : « Tu me sembles avoir un sens authentique de la forme et de l'espace. Pourquoi ne pas en tirer parti ? Tu me dis que, jusqu'ici, tu n'as pas réussi à trouver une idée directrice : pourquoi ne pas faire des études d'architecture ? »

Je lui répondis que j'étais nulle en maths, que j'avais du mal à rester assise plus de cinq minutes, que j'en avais marre des études et que je ne voulais pas être architecte. Et d'ailleurs, lui-même construisait-il des cathédrales, des prieurés, des abbayes ? De plus, j'étais loin d'être sûre d'avoir un authentique sens de la forme et de l'espace. Je n'étais même pas sûre que cela m'intéressait vraiment. J'adorais simplement me retrouver dans ce type de lieux - j'y frissonnais sans m'enrhumer, avec respect –, et je trouvais sublime ce tribut payé à une puissance supérieure. Entendre le plain-chant de ces moines invisibles m'avait émue, moi, la tête brûlée dépourvue de tout objet de vénération et incapable d'abstinence. Ma vie était foncièrement, regrettablement dépourvue de sérieux, et j'étais si sotte que je n'étais même pas sûre de me reconnaître en me regardant dans la glace.

Charles ne pouvait pas comprendre un intérêt qui ne se concrétisait pas par l'action. Il me donna toutefois le nom d'un de ses amis qui avait une librairie à New York. Cet homme s'appelait Pete Ethridge, et son magasin était spécialisé dans le livre d'architecture et de voyage. Je devais impérativement le rencontrer pour lui demander conseil - quels livres lire, à quelles conférences assister, quels voyages faire, dans la mesure de mes modestes moyens, bien sûr. À sa façon, Charles m'avait remise sur les rails ; en effet, lorsqu'on ne pèse guère plus qu'une feuille de papier, on volette dans la direction générale de ses inclinations sans la moindre chance de savoir ce qu'elles sont au juste.

En rentrant à New York, j'allai voir Pete Ethridge qui m'engagea. Son assistante l'avait quitté la veille. Hormis mon cousin, je ne pouvais me recommander de personne mais je savais me servir d'une caisse enregistreuse, or Pete avait besoin d'aide sur-le-champ. Il avait une formation de dessinateur industriel et adorait voyager. Il vendait des livres d'occasion à une clientèle élitiste d'architectes ou de voyageurs. Sur une longue étagère, il avait placé ses ouvrages favoris, ceux qui combinaient ses deux passions : des récits de voyage écrits par des architectes, tels que *La Voie antique, Un temps pour le silence* et *Les Tours de Trébizonde.*

Peu à peu, j'appris tout ce qu'il fallait savoir sur les stocks, le classement des livres, les commandes, les relations avec les vendeurs et la comptabilité. En somme, j'appris à tenir une librairie, et, quand je lui fus plus utile, Pete m'emmena avec lui dans ses tournées d'achat de bibliothèques privées.

Tout en étant très peu directif, il me donna quelques conseils de lecture. Je me mis donc à la tâche, choisissant principalement des ouvrages sur l'architecture religieuse. Si l'on peut parler de volupté s'agissant d'une telle discipline, je dirais que ces livres m'en procuraient. Je lus sans méthode mais sans arrêt pendant deux ans. Mes tâches à la librairie me laissaient du temps pour le faire. Je vivais dans un appartement petit mais assez sympathique, et ma vie sociale était peuplée d'amis dissipés à qui divers petits boulots assuraient tout juste de quoi vivre : les actrices étaient serveuses, les poètes, lecteurs dans des maisons d'édition, et les étudiants de maîtrise se dispersaient au lieu de rédiger leur mémoire. J'avais eu quelques béguins, un petit nombre d'aventures sans conséquence, mais je n'étais jamais tombée amoureuse. De temps à autre, un charmant jeune homme tombait amoureux de moi : un interne du Bellevue Hospital ; un avocat rencontré à une conférence sur les cathédrales baroques ; un jeune architecte qui s'incrusta des semaines à la librairie sous prétexte de passer voir si un livre qu'il avait commandé était arrivé. Mais aussi charmants que fussent ces garçons, je n'en voulais pas. Leur vie me semblait terriblement convenue. Je me voyais mal installée dans la sécurité du mariage, occupée à dresser la table avec les couverts et les assiettes reçus en cadeau de noces, et, pire, à produire un dîner laborieusement raté pour mes beaux-parents.

J'étais contente comme j'étais. Le soir, si je rentrais tôt, je me confectionnais des dîners bizarres à base d'aubergines. J'aimais travailler au magasin, tout odorant des cigares de Pete. J'aimais ce que je lisais. En dehors des heures de travail, je n'avais pas d'emploi du temps précis. Personne, pas même moi, ne savait quand je serais chez moi. Je trouvais que c'était une merveilleuse idée d'aller à Chinatown à quatre heures du matin si quelqu'un le suggérait. Je trouvais que voir trois films par jour était la dose cinématographique minimale. Et j'appelais « fête » un rassemblement de cinq personnes dans l'un des placards qui nous tenaient lieu d'appartement.

J'ignorais pourquoi au juste j'avais choisi de lire des ouvrages qui traitaient exclusivement de l'architecture monastique : je n'étais ni croyante, ni architecte, ni médiéviste. Pour poursuivre une recherche dont mon cousin Charles m'avait donné l'idée, je suppose. Ou parce que ce domaine présentait à mes yeux tout ce dont ma vie était dépourvue - substance, permanence et tradition.

Un après-midi froid et pluvieux, un client dont j'avais oublié le nom me donna un tuyau inspiré. C'était un jour calme et, assise au bureau de Pete, je lisais *La Vie monastique anglaise*, du cardinal Gasquet, en fumant une cigarette. Le client en question fit une remarque quelconque sur cet ouvrage, et une conversation s'ensuivit, au cours de laquelle il me demanda si j'avais lu la vie des saints. Je dis que j'avais seulement lu *La Règle de saint Benoît de Nursie*. Il me suggéra de lire saint Antoine, le fondateur de l'érémitisme chrétien, que je trouverais, pensait-il, intéressant.

Environ un mois plus tard, je trouvai, dans une boutique de livres d'occasion, une monographie de ce saint par un théologien allemand. J'acquis le livre pour le prix modique de quarante *cents*, je l'emportai chez moi et le posai sur mon bureau, où il grossit la pile de nombre d'autres que je comptais lire.

Je l'avalai d'une traite un samedi après-midi glacial. Le soir, je devais dîner chez des amis de mon cousin Charles, Karen et Philip Bridges. Ce couple jouait pour moi les anges gardiens. Il me nourrissait volontiers, et, avec une arrière-pensée prosélyte, soupçonnais-je, tenait à me fournir des aperçus d'une vie conjugale heureuse et rangée. Soucieuse d'être irréprochable à tous les niveaux, je passais généralement les après-midi qui précédaient leurs invitations à choisir mes vêtements, à me laver les cheveux, à tremper dans un bain trop chaud et à peaufiner mon rôle. Ces répétitions étaient vitales si je voulais, sans me couper, expliquer pourquoi Pete ne m'avait pas amenée à un congrès de libraires, pourquoi mes fonctions restaient subalternes, bref, pourquoi mon patron restait mon patron, alors que, depuis déjà un certain temps, j'étais censée lui suggérer de me prendre pour associée. Voilà ce qui intéressait les Bridges. Mais il était trop tôt pour me mettre à la tâche : c'est pourquoi je me plongeai dans la monographie sur saint Antoine.

À part moi, tout le monde connaissait l'histoire de ce riche Égyptien qui avait entendu prêcher les Évangiles et les avait pris terriblement au sérieux. Après avoir assuré l'avenir de sa sœur, il distribua sa fortune à la ronde et se retira dans une cave, où il entendait mener une vie solitaire dévolue à la prière. Mais les diables qui nous sont familiers grâce à la peinture européenne entreprirent de le tourmenter. Ils prenaient toutes les formes possibles. Pas un seul supplice ne lui fut épargné, ni une seule tentation. À trente-cinq ans, en quête d'un ermitage plus tranquille, il s'enfonça dans le désert. Il y fit pousser un jardin qui fut piétiné par les bêtes sauvages. Il y mangea un pain de la sorte la plus grossière. Sa sainteté et sa sagesse attirèrent des disciples qu'il réunit en une sorte de bande, jetant ainsi les bases de la première expérience de vie monastique. Il mourut sereinement, à un âge très avancé.

Je fus surprise de constater à quel point cette histoire me troublait. J'adorais l'idée de saint Antoine distribuant ses richesses. Un homme impétueux, me disais-je ; dans son genre, une sorte de tête brûlée, Évangiles ou pas. Mon image de l'anachorète dans sa cave était celle d'un jeune garçon qui, de nos jours, porterait des lunettes et ne se séparerait jamais de sa règle à calcul. J'avais envie de protéger cet innocent des diables qui paradaient devant lui. De fait, je ne voyais pas tant Antoine le Grand comme un saint que comme une personne attachante qui s'inventait des épreuves auxquelles se soumettre. J'aimais tout particulièrement sa façon de gronder les animaux qui saccageaient un jardin durement conquis au désert. « Pourquoi me faites-vous du mal ? leur demandait-il. Moi, je ne vous en fais pas. Au nom de Dieu, partez et ne revenez pas. » Ces semonces avaient, paraît-il, quelque effet. Jusque-là, j'avais toujours cru que les saints faisaient des miracles au nom de la foi ; mais saint Antoine, à part avoir inventé sans le savoir la première forme de vie monastique, n'avait pas fait grand-chose dans ce monde. Il s'était contenté d'*être* et de s'opposer passivement au cours des choses. Moi, la sainteté me laissait froide ; mais *être* et m'opposer passivement au cours des choses, voilà qui m'intéressait. Grâce à saint Antoine du désert, je me dis que tout espoir n'était pas perdu pour quelqu'un comme moi.

Dès que je passais la porte des Bridges, mes aspirations mystico-idéalistes s'évanouissaient sur-le-champ. Je quittais l'univers des anachorètes pour pénétrer chez les martiens - à savoir, les adultes. Ils possédaient de vrais meubles et une vraie argenterie. Pendant les vacances, ils donnaient des réceptions où la tenue de soirée était de rigueur. Tous deux travaillaient à Wall Street, ce qui ne les empêchait pas de cultiver des passe-temps divers. Karen faisait partie d'un groupe de discussion philosophique. Philip modernisait constamment son matériel stéréophonique et s'abonnait régulièrement aux concerts et à l'opéra. Tous deux s'intéressaient passionnément à la bonne chère. Ils étaient membres du *Gourmet* et de divers clubs de dégustation. Les repas qu'ils servaient étaient plus que mangeables - ils étaient bons.

J'étais souvent conviée à faire la quatrième à table. Sans doute parce que j'étais jeune et qu'on pouvait m'inviter au débotté, mais surtout parce que j'étais imprévisible. Les Bridges aimaient me jeter en pâture à leurs amis les plus conservateurs et collet monté pour voir ce qui se passerait. Il ne se passait jamais rien qu'on pût qualifier de radical, sauf que les banquiers d'affaires étaient ravis de pouvoir expliquer à une oie blanche livresque que la seule réalité, c'était le fric. Quant à moi, j'avais là une occasion de me sentir supérieure à cette clique d'adultes rassis qui claquait chaque mois en loyer plus de la moitié de mon salaire annuel.

Dans la vie courante, les diables sont on ne peut plus ordinaires. On les rencontre non dans des caves, mais à des dîners. Ils prennent la forme de mortels attirants du sexe opposé. Ce soir-là, les Bridges avaient invité avec moi un mortel extrêmement attirant du nom d'Alden Robinson. C'était un vieil ami de Philip, de la bouche duquel j'avais déjà entendu ce nom. Ils avaient un exemplaire de tous ses livres sur un des rayons de leur bibliothèque. Alden était un socio-économiste ; sur la couverture de ses ouvrages, publiés par une presse universitaire prestigieuse, figurait son patronyme flanqué de tous ses prénoms - Alden C. W. Robinson - un vrai tir de mitraillette. Il venait tout juste d'abandonner son poste d'enseignant en Californie pour s'installer sur la côte est et prêter sa belle intelligence au World Economic Committee.

Je pensais qu'Alden, comme les nombreux macchabées des Bridges, faisait partie de ces universitaires distingués qui existaient à peine à mes yeux. Car pour moi, comme pour une enfant, le monde était coupé en deux : d'un côté, il y avait les adultes, de l'autre, les gens comme moi. Chaque fois que je rencontrais un garçon, le genre de questions que je me posais à son sujet était terriblement limité : savait-il danser, était-il drôle ou audacieux, savait-il embrasser ?

Alden n'était plus un garçon, mais, pour un adulte, il avait un beau sourire. Il avait des cheveux châtain mordoré et des yeux bleus. À première vue, il ne semblait pas un danseur hors pair ; dire qu'il était drôle était un peu prématuré ; mais, embrasser, ça j'étais sûre qu'il savait. Tandis que nous buvions des cocktails, il parlait avec les Bridges sans me quitter des yeux. J'étais plus sensible à l'attention qu'il me portait qu'à sa personne. Au cours du dîner, il se concentra exclusivement sur moi, et je ne fus pas surprise quand, bien plus tard, il me proposa de me raccompagner. Tous les adultes ont des voitures. Je n'habitais pas sur son chemin, et il dut faire un long détour pour m'amener à ma porte. J'hésitais à lui demander s'il voulait monter boire quelque chose. Était-il trop tard pour offrir une tasse de thé à un socio-économiste ? Allait-il penser que j'étais une fille facile ? En fin de compte, ce fut lui qui me tira de mon dilemme.

- Vous êtes fatiguée ? me demanda-t-il.

- Pas du tout, répondis-je.

- Alors, vous m'invitez à prendre un dernier verre ?

J'étais trop embarrassée pour lui dire qu'en fait d'alcool, je n'avais qu'un vieux sherry que quelqu'un m'avait offert un an auparavant. Quand je le lui servis, il ne sembla pas le trouver imbuvable. Pendant que je me faisais du thé, il inspectait mon appartement, rempli d'objets dont ma famille s'était débarrassée. Les meubles étaient anciens et jadis beaux, mais, d'une façon ou d'une autre, ils étaient tous cassés et formaient un ensemble hétéroclite. Le siège canné du rocking-chair était troué à deux endroits. Un pied manquait au canapé, remplacé par un dictionnaire. Rien de tout cela n'échappa à Alden. Je me demandais avec inquiétude ce qu'il pensait de la pile de livres entassés sur le sol près du canapé, de la tasse à café sale et du cendrier plein qui traînaient sur la table. Il s'arrêta devant l'un de mes rares tableaux - un plan encadré de Westminster Abbey. Puis il s'assit. Je bus mon thé, il but son sherry - en silence, car nous n'avions rien à nous dire.

- C'est agréable d'être assis là à vous regarder, finit-il par dire.

Je rougis.

- Malheureusement, je ne vous laisse pas le choix. Je ne

comprends rien à la sociologie, donc je ne vois pas comment nous pourrions avoir une conversation intéressante.

- Mais je trouve très intéressant de vous regarder, dit Alden. Me laisserez-vous une chance de revenir vous regarder un de ces jours, très prochain je l'espère ?

Naturellement, il revint ; et naturellement, je tombai amoureuse de lui. Il me semblait qu'on avait extirpé mon ancien moi pour le refondre. Je ne me reconnaissais pas. Alden était soudain devenu mon passeport pour le monde des adultes - un monde dans lequel tout était planifié et calculé. Comme je suis amoureuse de lui, la transition se fera en douceur, me disais-je. Je n'aurais pu tomber sur un meilleur guide. Alden était une personnalité, quelqu'un dont on sollicitait l'opinion. Il envoyait régulièrement des articles à divers journaux. Sa vie était un miracle d'organisation. Il rangeait les tiroirs de son bureau, il payait ses factures, il se faisait faire régulièrement des bilans de santé et se faisait détartrer les dents tous les six mois. Chaque automne, il faisait repeindre le châssis de sa voiture avec un produit antirouille. Il avait des classeurs pour tout. Malgré tout, il n'était pas ennuyeux. Rien de commun avec les gentils petits jeunes gens qui étaient tombés amoureux de moi. D'une part, on l'avait pour ainsi dire essayé : il avait été marié, et il vivait séparé de sa femme. Cela le parait d'un certain éclat à mes yeux. Je n'avais jamais connu un homme marié. Aucune de mes relations masculines n'avait la moindre charge ou obligation. D'autre part, Alden débordait d'une énergie furieuse, ce qui était pour moi une autre nouveauté. Sa vie, pour réglée qu'elle était, semblait être un produit de l'audace et du risque.

Mon apparition dans sa vie fut un grand soulagement pour lui, affirmait-il. Je dérangeais l'univers ordonné qui était le sien. J'acceptais sans sourciller les surprises de l'existence (à savoir, pour Alden, les embouteillages, un tournant raté, un verre renversé sur sa cravate, les trains en retard, les fous qui l'apostrophaient dans la rue et autres nuisances). Comme je n'attendais rien de précis, j'accueillais tout ce qui se présentait avec une surprise charmée. Alden pensait que nous ferions de parfaits compagnons de voyage. Il me dit qu'il tracerait tout d'abord notre itinéraire, et qu'ensuite je nous perdrais. Ainsi, nous verrions un peu de ce que les touristes sont censés voir, et en plus, nous vivrions dangereusement. Séparément, ce serait un désastre. Moi, je serais incapable de trouver un panneau indicateur, et lui s'ennuierait car il ne lui arriverait rien. Nous envisagions d'aller exercer nos talents respectifs et complémentaires en France à l'automne.

Ma disponibilité pour toutes les formes d'expériences l'inspirait, disait-il. Un soir, avec un beau regard plein d'affection, il me dit :

- Le problème, pour quelqu'un préparé à tout comme je le suis, c'est qu'au moindre raté on a l'impression que le monde s'écroule. La semaine dernière, quand j'ai perdu mes clés, je croyais que j'allais me désintégrer, tu te rappelles ? Mais toi, qui n'es préparée à rien, tu es bien plus douée pour la vie que moi. Si tu n'avais pas été avec moi, je me serais défait. Je serais allé dépenser une fortune chez un serrurier. En tout cas, je ne serais jamais revenu sur mes pas, comme tu me l'as suggéré, pour voir si je n'avais pas fait tomber mes clés au restaurant, et je ne les aurais jamais retrouvées sous ma chaise. Disons alors que, de nous deux, c'est toi qui es préparée, tandis que moi, à force de l'être trop, je ne le suis plus. Tu es pour moi une grande leçon de choses.

C'était merveilleux de constater que ce que je croyais être chez moi un trait de caractère détestable passait soudain pour une qualité rare. Il m'arrivait de me dégoûter moi-même pour la facilité avec laquelle je perdais tout, même si j'étais passée maître dans l'art de tout retrouver. Aux yeux d'Alden, ce n'était pas une tare mais de la souplesse, une divine créativité, de la légèreté au bon sens du terme. Ma paresse et cette sensation de lévitation constante que je me reprochais tellement avaient soudain une tonalité positive ; bien plus, elles devenaient des vertus.

Ma fonction consistait à l'amuser. Je l'emmenais danser. Je le bousculais quand il commençait à râler au restaurant parce que le service était déplorable en singeant son air chagrin pour le faire rire. Je nous voyais tour à tour dans le rôle du professeur et de l'élève. Alden m'apprenait à travailler sérieusement, à canaliser mon énergie pour mener à bien un projet, bref, à donner un minimum de forme à ma vie. Je compris qu'ardeur n'était pas nécessairement synonyme d'anarchie. J'entrepris de dégager le dessus de mon bureau. Je me mis à payer mes factures à temps. J'achetai un second carnet dans lequel je codifiai toutes mes lectures et rassemblai les notes que j'avais prises. Depuis un an, Pete parlait de refaire la librairie. Il m'avait demandé de noter toute idée qui me viendrait à cet égard, mais je ne l'avais jamais pris au mot. Je le fis, et il approuva presque tous mes plans.

Pour ma part, j'apprenais à Alden à flotter, à jouir de la vie sans s'encombrer de règles étouffantes. Nous affichions le meilleur de nous-mêmes. Nos différences de nature étaient ombre et lumière - comme l'art. Par moments, j'avais l'impression d'être l'animal domestique d'Alden, ce qui ne me gênait nullement car, en un sens, il était aussi le mien. Un animal domestique venu d'une autre planète dont, contrairement à la mienne, on ne pouvait pas dresser une carte en relief comportant vallées, montagnes et tertres ; une planète plate où on va en ligne droite d'un point à un autre. Ma carte en relief plaisait à Alden. Elle était pleine de tournants qu'il n'avait jamais pris. Moi, j'étais enivrée par sa ligne droite. Nous n'avions strictement rien en commun.

Sous ses apparences conformistes, Alden était un excentrique. Je pensais qu'il avait tout à gagner à cultiver ses bizarreries. J'en faisais donc grand cas, ne perdant jamais de vue l'idée que j'étais là pour le faire rire. Je m'extasiais devant son talent à ronronner comme un chat ; je commentais sa façon de se raser en arpentant le living-room pour oublier qu'il était secrètement terrifié de se trancher la gorge par inadvertance ; je trouvais fabuleuse son habitude de se déchausser en toute occasion. Ce que j'appelais, au sens laudatif du terme, la personnalité de quelqu'un me semblait fait de toutes ces petites choses. Malheureusement, je ne me donnais jamais la peine de me demander si, pour Alden, elles n'étaient pas tout simplement frivoles. Je considérais la vie comme une proposition ouverte : si je devenais plus soigneuse, Alden deviendrait moins maniaque, et nous nous entendrions magnifiquement pour le reste de notre vie.

Un soir, Alden me fit asseoir en me disant qu'il voulait me parler sérieusement. Si j'avais cru jusqu'alors que toutes nos conversations étaient sérieuses, je me trompais. Je m'assis à côté de lui sur le canapé.

- Non, pas ici. Sur la chaise de bureau, dit Alden.

Je traversai la pièce et m'assis devant le bureau. Alden, sur le canapé, resta un moment silencieux. Puis il se mit à parler. Il dit que sa femme devait venir à New York. Pour quoi faire ? me demandai-je. Je n'avais pas écouté très attentivement quand il m'avait parlé des circonstances de leur séparation. Pour moi, quand on était séparé, c'était fini. De plus, Alden ne semblait pas y penser beaucoup. En fait, elle revenait vivre avec lui - pour voir comment les choses tourneraient, précisa-t-il. Voir quoi ? me demandai-je. Pour moi, c'était tout vu. Si les « choses » n'avaient pas marché une fois, elles ne marcheraient pas deux fois.

Alden essaya de m'éclairer. Il me parlait d'un ton sobre et paternaliste, un peu comme un médecin qui vous apprend que vous êtes malade et qui, ce faisant, éveille en vous un vague sentiment de culpabilité.

- Je te suis très reconnaissant, dit Alden. Tu m'as aidé à me libérer un peu. Mais tu sais que je travaille sur la notion d'engagement ; le mariage en est un, et pas des moindres. Je ressens comme une obligation de tout faire pour l'honorer jusqu'au moment où je découvrirai peut-être que c'est sans espoir.

Je ne dis pas un mot. Alden continua à me parler de sa femme. Elle s'appelait Eleanor et elle était également économiste. Ils avaient une foule de souvenirs communs. Ils avaient des opinions et des buts communs. Ils s'étaient séparés par consentement mutuel, mais c'était elle qui avait repris contact avec lui. Ce qu'Alden trouvait logique. Cela lui avait-il semblé logique quand il était en ma compagnie ? Toutes ces nuits où je l'avais observé en me disant qu'il était cher à mon cœur, ne pensait-il qu'à ses obligations envers sa femme ?

Je n'avais pas encore vraiment compris qu'Alden m'expédiait, après avoir étiqueté notre histoire « ébats sans conséquence avec une fille amusante ». Je n'avais pas encore compris que, lorsque nous jouions ensemble avec un tel bonheur, la vraie vie d'Alden, qui se déroulait dans ce qu'il croyait être le monde réel, il la vivait en dehors de moi. Je crus un instant qu'il m'avait mal jugée, qu'il prenait ma vitalité pour un manque de profondeur. Pensant qu'il n'avait pas perçu le sérieux de mes sentiments pour lui, je jugeai bon de l'en informer. J'allais prononcer les mots sacrés, les mots qui changent tout. Alden était maintenant assis sur une chaise branlante dont une des lattes de bois du dossier manquait. Il me répétait qu'il m'était très reconnaissant, qu'il avait passé avec moi un temps enchanteur.

- Mais c'est sérieux, Alden. Je t'aime, lui dis-je.

- Tu t'en remettras, me dit-il en me quittant.

Je n'étais pas préparée pour les retombées de cette aventure. La détresse que je ressentais me semblait impossible à maîtriser. Au magasin, je me retrouvais en larmes aux toilettes, faisant couler le robinet pour que Pete ne m'entende pas sangloter. Pouvant difficilement ne pas remarquer ma mine défaite, il me proposa de prendre une semaine de congé. Je déclinai l'offre, horrifiée à l'idée de me retrouver seule avec mon chagrin.

Je payais mes factures à temps, mon bureau était en ordre, mes recherches sur la vie monastique commençaient à prendre forme, le magasin avait été refait largement en fonction des plans que j'avais dessinés, et Pete songeait à me prendre pour associée. Mais tout cela me faisait une belle jambe. J'étais incapable de faire un tour du propriétaire et de conclure que ma vie prenait une tournure positive. Je savais seulement que les jours se traînaient et que les nuits sans Alden étaient insupportables.

J'étais la proie de diables dont j'ignorais l'existence. Ils avaient pour nom chagrin, rage, nostalgie, et désir brut. Je combattais sans cesse l'impulsion d'appeler Alden chez lui ou au bureau. De l'affronter dans la rue. De le suivre et de l'obliger à me regarder en face.

Après six mois de ce supplice ininterrompu, Alden reparut. Un soir, il sonna à ma porte et entra. Il voulait voir comme je m'en sortais. Fort bien, présumait-il, compte tenu de mon tempérament enjoué, fougueux, audacieux. Lui-même ne s'en tirait pas trop mal, précisa-t-il - en mettant délicieusement l'accent sur la restriction que comportait l'adverbe. Eleanor et lui tentaient de résoudre leurs problèmes conjugaux. Une démarche ingrate, mais peut-être payante. C'est un énième bilan de santé chez un sujet par ailleurs sain qui me valait sa visite. Il fureta dans mes livres et les documents posés sur mon bureau, inspecta mes tableaux, comme la première fois qu'il était venu. La seule différence, c'était qu'il semblait désormais chez lui. L'aisance avec laquelle il circulait dans mon appartement me brisait le cœur. Comme saint Antoine du désert aux fauves, j'avais envie de lui dire : « Pourquoi me fais-tu du mal quand moi, je ne t'en fais pas ? Va-t'en et, au nom de Dieu, ne reviens pas. »

Il s'en alla et je ne le revis jamais.

Dans ma rue, les gens laissent leurs animaux domestiques se promener librement. J'habite dans la partie sinistrée de ce qui fut autrefois un ensemble élégant de maisons de ville. Devant l'une d'entre elles, se tenait toujours un setter irlandais à qui on avait appris à faire sauter d'un coup de museau le loquet de la lourde grille en fer forgé du jardin. Ce chien montait et descendait la rue jusqu'à épuisement, puis il ouvrait la grille et passait le reste de la journée à sommeiller sur la véranda. Un chaton noir et blanc très stupide passait son temps à sauter par la fenêtre du rez-de-chaussée de ses maîtres sur la fenêtre des autres - en général leur salon - en vous coulant entre les doigts comme une araignée d'eau si vous l'approchiez. Ce chaton, qui appartenait à un compositeur, avait passé une nuit dans presque chaque maison du pâté, recueilli par des poires qui le croyaient sans foyer.

Il y avait aussi un matou blanc bien gras qu'on voyait souvent assis le matin devant la grille de son propriétaire. Tout le monde s'arrêtait pour le caresser. Si on avait le malheur de le gratter derrière l'oreille, il vous suivait jusqu'à la moitié de la rue, puis rebroussait chemin pour attendre un contingent tout frais de peloteurs.

Alden m'avait quittée l'hiver, une période, terrible pour moi, pendant laquelle le chat blanc restait à l'intérieur. Au printemps, quand je me sentais remonter la pente, le chat reparut dans la rue.

Un matin, je m'arrêtai pour le caresser. M'agenouillant près de lui, je lui grattai l'oreille. En vrai cœur d'artichaut qu'il était, il sauta dans mes bras et mit ses pattes de chaque côté de mon cou. On ne peut pas lutter éternellement contre sa sentimentalité : quand il me lécha la joue, j'éclatai en sanglots.

Pendant des mois j'avais vécu dans une cave en proie à mes démons. Maintenant j'étais prête à aller dans le désert. Contrairement à saint Antoine, je n'étais pas une militante de la foi, ce qui aide énormément, car un long bout de chemin en compagnie des diables ne vous immunise pas contre la tentation et les tourments. Mes larmes sur le chat étaient simplement des larmes de regret sur ce que je n'aurais plus jamais, et que je ne pourrais donc plus jamais offrir : ces sottes réserves d'affection, cette disponibilité sans objet, cette innocence.

## Une fille dangereuse

Certains disent que je prends des manies de vieux prof, mais mes amis savent que je mène une vie discrète, réglée, et nullement triste. Je fais faire mes costumes sur mesure par un tailleur viennois, un exilé de longue date établi à Washington Heights. Le tissu - toujours gris, noir ou bleu - vient d'une bonne maison parisienne à qui je passe directement commande. Après Princeton, j'ai fait Heidelberg, puis la Sorbonne. J'ai aujourd'hui vingt-neuf ans et je vis à New York.

L'appartement que j'habite me vient d'un professeur d'humanités de Barnard, une vieille fille sans famille très liée à Alden Marshall, l'universitaire pour qui je travaille. Nous prenions souvent le thé ensemble le dimanche après-midi et, une fois, elle m'a dit qu'elle me considérait comme son fils. Après sa mort, je me suis demandé ce qu'elle avait bien pu me trouver - après tout, elle ne s'était jamais mariée et elle enseignait dans une école de filles.

L'appartement donne sur l'Hudson. Il compte sept grandes pièces, et trois plus petites situées à côté de l'office. Quand j'en ai pris possession, il était encore plein de ses vêtements, de ses livres et de ses meubles. Les vêtements, je les ai donnés à l'Armée du Salut, et les livres dont je ne voulais pas, à la bibliothèque Barnard. Vases grecs, statues, bibelots : elle m'a tout laissé. La bonne, avertie de leur extrême fragilité, les époussette chaque semaine. Elle m'a aussi laissé les meubles - de style shaker (des copies, mais excellentes), colonial américain (manifestement hérités de sa famille) et rustique français. Je les ai tous gardés.

Je me suis demandé pourquoi elle avait gardé un logement aussi vaste, mais Alden Marshall m'a dit que tout ce qui nous arrive dans ce monde est l'effet d'un télescopage. Disons donc qu'il y a eu un télescopage entre ma personne et son désir d'avoir un fils à qui laisser son appartement. Mais celui-ci était trop grand pour moi, et, en fin de compte, trop cher. Je ne donnais plus que deux cours par semaine afin de pouvoir me consacrer à ma thèse et à mon livre. Comme mon nom figurait sur le bail, j'ai décidé de chercher quelqu'un pour partager le loyer. Quand je me marierai, me dis-je, la personne en question partira et je récupérerai les lieux pour y fonder une famille.

C'est fou comme, dans la vie, les occasions peuvent se chevaucher. Six mois après mon emménagement, Alden m'a envoyé un Égyptien nommé Anouar P. Soole. (« P. » pour Pasteur, découvris-je ultérieurement. Son père était médecin.) Alden l'avait rencontré à Paris : Anouar y vivait mais on ne lui avait pas renouvelé son visa. Il est alors parti pour New York où il a pris contact avec Alden. Comme il cherchait un endroit où vivre, ce dernier me l'a adressé.

Anouar Soole était grand et maigre. Il ressemblait à un lévrier, en ce sens que son absence totale de graisse avait tendance à le rapetisser ; il paraissait plus petit qu'il ne l'était réellement. Il avait des yeux gris, un teint cendreux, et ses cheveux raides sans couleur définie lui tombaient dans les yeux. Les femmes le trouvaient beau, ou enfantin, ou les deux. Elles me l'ont dit. Je lui ai fait une tasse de thé et on a discuté non tant de son possible emménagement que de la prouesse consistant à transporter ses cinq malles et ses dix caisses du môle 84 jusqu'à Riverside Drive. Il parlait gravement de sa peinture et de sa poésie, avec un regard un peu suppliant qui était attachant. Il était littéralement assis au bord de son fauteuil, et son intensité était presque théâtrale. Comme les enfants précoces, il maniait le sérieux et le flirt avec une aisance déconcertante, réussissant brillamment à doser les deux. J'ai appris depuis qu'il faisait ça avec tout le monde. Il aurait flirté avec des objets inanimés s'il avait pu en tirer la moindre réaction.

Trois jours plus tard, Anouar a emménagé, accompagné de quatre gros bras, dix caisses et cinq malles. Une semaine après, ayant fini de déballer, il était installé. Au nombre de ses possessions, figuraient quatre cages victoriennes garnies d'oiseaux exotiques empaillés, une collection d'objets de jade assez conséquente pour remplir quatre vitrines, quatre caisses supplémentaires de fausses antiquités égyptiennes, dix-huit albums de photos, un petit Matisse, une bonne cinquantaine de ses propres œuvres, une tête de lit en teck fabriquée au Pakistan, deux peaux de tigre, plusieurs rouleaux de batik égyptien, une série d'instruments de musique africains enfouis sous des copeaux de bois, un assortiment de faïences anglaises anciennes estampillées J. Spode, deux tapis persans de deux mètres sur six, et deux cents livres. Une des caisses était remplie d'énormes bouts de bois flotté poli, en provenance d'Afrique et d'Égypte, qu'on a pendus avec des fils dans l'alignement du mur du living-room. Il y avait aussi diverses porcelaines françaises, du linge de maison, des boîtes à peinture, des chevalets, une machine à écrire, une presse à pantalon, quatorze costumes, douze vestons, deux smokings et tout un jeu de casseroles en cuivre.

Mes possessions personnelles - quelques portraits sous verre de mes ancêtres, des Hollandais de Pennsylvanie, quelques coffres peints hérités de ceux-ci, les tableaux et photos achetés à Paris et à Heidelberg, et les plats que Hattie Marshall m'avait offerts -, coexistaient harmonieusement avec le bazar d'Anouar. Les peaux de tigre étaient du meilleur effet sur le parquet du living.

Alden Marshall avait été mon professeur d'esthétique à Princeton. Il avait soixante-quinze ans et Hattie, sa femme, soixante-treize. Ils vivaient deux blocs plus bas sur Riverside Drive. Nous travaillions ensemble sur ce qu'il déclarait être son dernier ouvrage, et sa secrétaire occasionnelle tapait nos brouillons. C'était une fille pâle, quelconque, aux traits réguliers, nommée Lilly Gillette. Alden et Hattie, âgés et légèrement absents, faisaient à peine attention à elle. Elle surgissait brusquement et empilait les feuilles blanches tapées sur le bureau, silencieuse comme une ombre. Elle ne semblait pas du tout désireuse d'attirer l'attention, aussi ai-je été très surpris, choqué, même, de la voir apparaître un après-midi à ma propre porte. Je n'avais pas la moindre idée de ce qu'elle me voulait : ce n'était pas Alden qui l'avait envoyée puisqu'elle n'avait aucun manuscrit à me faire corriger. Après une conversation dont je n'ai pas gardé le moindre souvenir, elle m'a séduit, puis elle a filé.

Blonde, de taille moyenne, elle pouvait avoir entre vingt et trente ans. Son visage ne livrait rien ; elle était vacante, mais non passive. Elle avait un œil vert et un œil bleu. Cette disparité lui donnait la profondeur qui caractérise le visage des statues - sauf que celles-ci n'ont pas d'yeux. En la regardant, je me rappelai un chat blanc aperçu une fois dans une grange, qui avait lui aussi un œil vert et un œil bleu. Comme celui de Lilly, son regard avait une profondeur factice, en trompe-l'œil, pour ainsi dire. Il m'était impossible de décider si Lilly avait plus de vie intérieure que le chat. Sa présence était presque neutre, ses vêtements étaient neutres. Ils lui allaient comme une seconde peau - non qu'ils fussent moulants, mais, sur elle, ils ressemblaient à une peau d'emprunt dont elle faisait peu de cas. J'aurais été incapable de me souvenir de ce qu'elle portait. Quand elle s'asseyait sur une chaise, la chaise l'amoindrissait : on remarquait une chaise occupée par une fille, et non une fille assise sur une chaise.

Elle se tenait à la porte de mon appartement.

- Philip Hartman.

- Oui, dis-je. Vous êtes la secrétaire d'Alden.

- Exact.

Je lui ai lancé un regard interrogateur, mais comme elle ne disait rien, n'apportait rien, et que son regard ne révélait rien, je me suis écarté pour la laisser passer et l'ai guidée jusqu'à mon bureau.

Elle s'est assise dans le fauteuil placé près de ma table de travail. Elle a allumé une cigarette, et moi, un cigare. Elle a parcouru du regard les rangées de livres, les sous-verre, les photographies, les potiches françaises. Puis elle a regardé le lit, situé à l'extrémité de la pièce et en partie dissimulé par une bibliothèque. Dès qu'elle l'a vu, elle a paru trouver ses marques - je le sais, car j'avais suivi son regard qui, aussitôt après, a cessé d'errer. On a dû avoir une vague conversation sur je ne sais plus quel sujet. Je suis allé à la cuisine faire du thé. Quand je suis revenu avec un plateau chargé d'une théière, de tasses et d'un pot de lait, je l'ai trouvée debout près du lit. Elle avait rabattu les couvertures et ses vêtements étaient à terre.

On est devenus amants, si ce terme est approprié, puis elle est partie sans un mot, sans laisser un seul cheveu sur l'oreiller, le moindre mégot (elle avait vidé le cendrier pendant que je faisais le thé), ou une quelconque salissure. Rien. Nous n'avions pas dîné ; elle ne m'avait pas proposé de faire la cuisine ni demandé d'aller au restaurant. Elle avait remis ses vêtements et elle était partie.

« Ne vous levez pas », s'était-elle contentée de me dire. Le thé, intact, s'était refroidi dans la théière.

L'événement était si dépourvu de romantisme que je l'avais presque oublié. Il m'a fallu une semaine pour découvrir que je me sentais oppressé. Après son départ, j'ai passé plusieurs heures à chercher un livre que je croyais avoir posé sur mon bureau mais qui était en fait sur une étagère où il n'aurait pas dû être. Mes livres sont rangés par thème : histoire de l'art, philosophie, littérature, etc. Puis, pour chaque discipline, ils sont classés par ordre alphabétique. Celui que je cherchais était un volume de Winckelmann que je trouvai coincé à l'envers à côté d'*Ulysse*.

Tous les mardis, je déjeune avec Alden Marshall au club de la faculté. Tous les jeudis, je dîne avec lui et Hattie, soit chez eux, soit au restaurant. Le mardi et le jeudi, nous travaillons sur son livre ; le lundi et le vendredi, je donne mes cours. Le reste du temps, je le consacre à ma thèse et à mes propres recherches.

Lilly Gillette était assise dans le bureau d'Alden Marshall, occupée à ouvrir des lettres avec un coupe-papier d'ivoire. Elle m'a vu, et son visage est resté tel qu'il était : aussi inexpressif qu'une planche.

Alden et moi avons passé la matinée à travailler. Lilly lui a apporté son courrier et quelques feuilles tapées. Quand je suis rentré chez moi après le déjeuner, je l'ai trouvée à ma porte. J'ai senti comme une formidable embardée à l'intérieur, et j'ai distinctement entendu mes os faire « coin-coin ». Elle m'a suivi le long du couloir menant à mon bureau. Cette fois, nous n'avons pas eu de conversation. Penché sur elle, je cherchais sur son visage un signe de colère, d'amour, de tendresse ou de trouble, mais je n'y ai trouvé qu'un consentement impersonnel. Elle m'a quitté exactement comme la première fois. Elle m'a dit : « Ne vous levez pas. » Puis elle est partie.

Anouar Soole était le plus souvent sorti, mais nous nous télescopions souvent. Il m'appelait « Filipo » et m'avait un peu forcé la main pour l'aider à accrocher ses toiles. À l'occasion, il préparait un énorme repas moyen-oriental auquel il conviait plusieurs des étudiantes les plus affriolantes du collège de filles où il enseignait, ou bien des spécimens plus âgés sélectionnés dans la noblesse italienne. Il avait deux sortes d'amies : des idiotes riches, et des Européennes en voyage d'affaires à New York. Il était professeur depuis déjà quelques mois quand les filles ont débarqué ; vêtues de robes de soie bruissant comme les feuilles froissées de quelque essence rare, elles laissaient dans l'appartement après leur départ une trace légère de leur parfum. Si j'étais à la maison, on les amenait dans mon bureau pour admirer mes sous-verre et mes potiches françaises. Puis Anouar préparait un café amer et très sucré que nous buvions dans le living en admirant Anouar étalé avec langueur sur une des peaux de tigre.

Devant les filles, il était terriblement animé, leste et bondissant. Il se livrait à des parodies et à des imitations, il exécutait des petites danses. Il donnait même des comédies, longues d'une heure, dans lesquelles il assurait en solo tous les rôles. Aux réceptions, il dansait comme un possédé. Il se ridiculise, pensais-je, jusqu'au jour où une de ses relations féminines, moins bête que les autres, m'a dit : « Il fait l'idiot mais il est vraiment gracieux. Je n'ai jamais vu quelqu'un doté d'un tel sens de l'équilibre. » Elle avait raison, bien sûr. Anouar était capable de se tenir sur une jambe pendant dix minutes et quasiment d'entortiller l'autre autour de sa taille.

De temps à autre, il ramenait chez nous une fille vraiment magnifique. Plus elles étaient belles moins elles parlaient l'anglais. L'une d'entre elles était une immense Teutonne féline qu'il a été obligé de me présenter car il avait besoin de mes services. Il parlait l'italien, le français, l'arabe et l'anglais mais pas l'allemand. Comme le charme maniaque est intraduisible, la soirée fut un fiasco ; la fille, gentille et normalement intelligente, repartait le lendemain pour Munich.

Après une soirée échevelée au cours de laquelle il avait pété les plombs, il passait toute la journée suivante à se recharger dans l'atelier qu'il s'était aménagé près de l'office. Au cours de l'hiver, après des semaines d'activité frénétique, il est tombé plusieurs fois malade, au point que j'étais obligé de lui apporter ses repas sur un plateau. Souffrant, il se rabougrissait, petite silhouette gris sombre émergeant sur un fond de drap blanc ; dans le sommeil, ses traits revêtaient l'austérité débonnaire de ceux d'un enfant. Sans son énergie, il était perdu, effrayé, inerte. Il restait dolent une semaine, puis il se levait. Les filles revenaient, ou bien il sortait de nouveau. Après une semaine d'absences répétées, il redevenait casanier ; il harcelait alors Minnie, la femme de ménage qui vient deux fois par semaine, ou il cuisinait des repas raffinés, ou il réaménageait son atelier. Comme on avait tous deux des politesses à rendre, on a donné une réception un peu guindée au cours de laquelle Anouar a bu à même le bol de punch, a dansé sans interruption pendant trois heures, a lancé un saladier sur la fille qui m'avait alerté sur la perfection de son équilibre, et s'est même tenu un long moment sur la tête. Ce dernier exploit est passé pratiquement inaperçu du fait qu'il y avait là près de soixante-dix personnes. Comme le funambule, il trébuchait mais ne tombait jamais. Sa vie était soumise au cycle suivant : énergie, dissipation, maladie, récupération. Quand ses vieilles Européennes venaient dîner, il était d'une bienséance grotesque.

Les « visites » très particulières de Lilly ne collaient pas avec le schéma classique. Bien que doté d'un physique agréable, je ne suis pas du genre à faire perdre la tête aux femmes. Aucune ne m'avait jamais couru après. Rien de semblable à Lilly Gillette ne m'était arrivé jusqu'alors. Les femmes que j'avais connues, et parfois aimées, comme la fille avec qui je vivais à Heidelberg et l'Américaine rencontrée à Paris que je songeais à épouser, étaient plutôt comme moi : amènes, érudites et cérébrales. Nous sommes des « sensualistes intellectuels », disait de nous mon Américaine de Paris. Pourtant il y avait Lilly Gillette. Morne, muette, insondable, elle m'attendait devant ma porte le lundi après-midi ; le jeudi à deux heures du matin ; le vendredi à midi, juste après mon cours. Elle ne passait jamais toute une nuit avec moi. Elle ne buvait jamais, pas même un verre d'eau. Nous ne parlions pratiquement pas, et je pense souvent que c'était ma faute : j'étais si déconcerté, si terrifié et - ce que je ne voulais pas m'avouer -, si troublé que je ne pouvais tout simplement pas parler. Comment entamer une conversation avec une femme avec qui on a couché quinze, vingt fois ? Quand j'étais étendu près d'elle - toujours après, et seulement durant les quelques minutes qu'elle s'accordait, qu'elle nous accordait -, des phrases non formulées se bousculaient dans ma tête, toutes terriblement gauches et qui commençaient toutes par pourquoi. Pourquoi es-tu ici ? Pourquoi as-tu pris l'initiative de ce qui se passe entre nous ? Pourquoi moi ? Sa seule présence disait : il n'y a rien à dire. Comment, alors, aurais-je pu les poser, ces questions ? Parfois, de toute la semaine, je ne la voyais que chez Alden. Pas de Lilly à ma porte. Ces nuits-là, je ne dormais que d'un œil dans l'attente d'un coup de sonnette, ce qui me gâchait mon sommeil. Une clé tournait dans la serrure et j'entendais le pas d'Anouar, parfois aussi un autre pas, glisser furtivement dans le couloir qui menait à sa chambre, puis des rires étouffés. C'était ces nuits-là que je me demandais comment entamer une conversation à propos de cette chose qui durait depuis des mois. Chaque fois qu'elle me voyait, elle déclinait mon identité complète : « Philip Hartman », affirmait-elle. Je me sentais alors classé comme une phalène ou une punaise. C'était le seul moment où j'avais une chance d'entendre mon prénom sortir de sa bouche. Mais à quel autre moment aurait-elle pu le prononcer ? Nous ne parlions pas.

Deux fois par semaine, Minnie Hoskins venait faire le ménage. Si Anouar était dans les parages, il l'empêchait presque complètement de travailler. Il allumait le poste de radio portatif qui ne la quittait jamais et la faisait danser. C'était une grosse grand-mère couleur noix de pécan. Quand je rentrais et qu'Anouar était là, je trouvais Minnie en train de glousser, son balai à la main.

- Cet Anouar, qu'est-ce qu'il me fait rire ! s'exclamait-elle.

- Minnie, lui ai-je dit un jour, environ quatre mois après la première visite de Lilly, quand vous époussetez mes livres, assurez-vous que vous les avez remis en ordre. Ils sont tous replacés n'importe comment. Je ne trouve plus ce que je cherche.

- J'enlève la poussière de vos livres à l'aspirateur. Je ne les sors jamais des étagères.

- Ça alors, c'est très embarrassant. Aucun n'est plus à sa place.

- Demandez ça à Anouar. C'est peut-être lui qui a fichu la pagaille dans votre bureau.

Je le lui ai demandé.

- Filipo, il n'y a strictement rien dans ta bibliothèque que j'aie envie de lire.

J'ai insisté :

- Mais mes livres sont sens dessus dessous...

- Tu es peut-être en pleine dépression nerveuse et tu ne sais plus ce que tu fais. Le tout-New York craque. Pourquoi pas toi ? m'a répondu Anouar.

À quatre heures du matin, on a sonné. Comme Anouar était sorti, ce pouvait être lui, qui avait oublié sa clé ; mais c'était Lilly, une cigarette aux lèvres. Elle portait un imperméable, une chemise d'homme et des jeans.

- Je ne te comprends pas, dis-je. Je ne comprends pas ce que tu veux.

- Je ne veux rien. Je suis juste passée.

- À quatre heures du matin ?

- Les tuyaux ont éclaté dans mon immeuble. Je n'ai plus d'eau.

Pour la première fois, elle est restée toute la nuit. Le lendemain matin, je lui ai fait une tasse de café et la lui ai apportée. Elle l'a tenue un moment sans y toucher puis l'a posée sur la table de nuit. Elle me regardait m'habiller, immobile et indifférente.

- Je m'en vais, ai-je dit.

Elle m'a salué d'un léger signe de tête.

À mon retour, le lit était fait. La tasse sur la table de nuit était pleine d'un café froid intact. Des lambeaux de peau de lait racornie frisaient à la surface. Les livres étaient en désordre.

Lilly figurait dans l'annuaire téléphonique. Je ne l'avais jamais appelée et, de fait, j'ignorais où elle habitait.

Elle a décroché à la quatrième sonnerie.

- C'est toi qui as mis du désordre dans mes livres ?

- Oui.

- Pourquoi ?

- J'y ai jeté un coup d'œil et puis j'ai oublié où je les avais pris.

- Je vois.

- Au revoir, a dit Lilly.

J'ai raccroché, envahi par une sorte de désespoir. Des tas de types sont abandonnés par leur maîtresse, leur femme, leurs parents ; ils perdent l'espoir, leur travail ou des êtres chers, ils souffrent. Moi, je souffrais d'abandon car le pourquoi des choses m'échappait. Peut-être est-ce la maladie qui frappe les universitaires quand ils perdent la boule. J'avais l'impression d'être mêlé, à mon corps défendant, à un événement essentiellement inexplicable, d'être tombé dans une sorte de vide à engloutir le malheur.

Si encore j'avais subi une attaque à main armée ou un vol à la tire, j'aurais pu m'expliquer l'enchaînement des circonstances qui y avaient conduit leur auteur : elle avait faim, c'était une héroïnomane en manque, je passais par là, donc elle m'avait agressé. Au lieu de quoi, j'étais la victime d'un vandalisme intentionnellement malveillant, purement gratuit. Mes livres luisaient doucement sur les rayonnages de ma bibliothèque, ils étaient au complet, mais ils étaient en désordre.

J'étais devenu irritable. Anouar m'avait surnommé « Frère Filipo » et appelait ma chambre-bureau « la cellule ». Il prétendait que je vivais comme un moine, bien que je lui eusse parlé de Jane Pinkham, l'Américaine de Paris que j'étais tenté d'épouser et qui, justement, rentrait à New York. Je me demandais ce que dirait Anouar s'il apprenait que de nuit comme de jour, une fille venait ici et qu'apparemment, tout ce qui l'intéressait c'était de passer deux heures au lit avec moi. C'était mon secret, et c'était avec un rien de fatuité que je le trimballais.

Deux jours après notre conversation téléphonique, je revenais d'une matinée de travail chez Alden quand j'ai trouvé Lilly dans mon lit, les yeux fixés au plafond.

- Comment es-tu entrée ?

- Ton colocataire m'a ouvert.

Une impression de gâchis m'a envahi, comme si on venait d'éventer mes plans secrets de surprise-partie, comme si on avait sorti l'atout de mon jeu pour me le tendre avec un sourire crispant.

- Je ne te comprends pas, ai-je dit. Pourquoi continues-tu à venir ici ?

- Si tu ne veux plus de moi, tu n'as qu'à le dire.

- Si je le faisais, tu arrêterais ?

- Je me demande bien ce qui pourrait m'arrêter de faire quoi que ce soit, a dit Lilly Gillette.

Dans les livres, au théâtre et au cinéma, le héros plonge son regard intense dans celui de sa petite amie, et le public voit bien qu'après avoir bien cafouillé, ils commencent enfin à se comprendre. Rien ne sera plus jamais pareil entre eux, se dit-on. J'ai plongé mon regard dans celui de ma petite amie mais elle ne l'a pas soutenu, et ce n'était pas ma petite amie. Il n'y avait pas de roman, pas de film, pas de public - pas même la vie, semblait-il. Elle fixait le plafond, la tête inclinée sur l'épaule gauche. J'éprouvais un sentiment bizarre, comme si on avait touché en moi quelque point mystérieux où fusionneraient la rage et la tendresse. Je voulais soit la frapper, soit l'encourager, mais j'étais tellement paralysé par la situation de silence auquel j'étais astreint que je n'ai fait ni l'un ni l'autre.

Anouar buvait un café en lisant *France-Soir*, dont il me traduisait un fait divers : « La victime, un Suédois importateur de café, était depuis deux mois en France. Il affirme qu'une fille avec qui il entretenait une liaison irrégulière lui a démoli sa voiture. Il la décrit comme "dangereuse ; la maîtresse française type". Pressé de s'expliquer, M. Bølstrom se contente de dire que c'était une personne extrêmement émotive et versatile, et qu'elle lui avait pris sa voiture après une dispute. La femme, dont on ne nous a pas révélé l'identité, est, d'après M. Bølstrom, une étudiante canadienne-française. »

- Voilà exactement ce qu'il te faut, Filipo. Une bonne petite maîtresse française bien dangereuse sortie des pages de *France-Soir*.

Je l'ai regardé. Il avait un visage de chat, ou de lutin malicieux. Il s'est alors livré à une imitation hilarante de l'homme d'affaires suédois et de son interviewer, obtenant l'effet recherché : j'ai éclaté de rire. Comme il lavait les tasses dans l'évier, il m'a dit : « Ne fais pas cette tête, Filipo. Tu n'as même pas de voiture. »

Les jours ont passé. La nuit, je laissais désormais ma fenêtre ouverte. J'avais du mal à m'endormir et des cauchemars me réveillaient en sursaut. Comme un fait exprès, le bruit de la sonnette déchirait les rares moments de paix où je dormais profondément : c'était Lilly, les pointes de ses cheveux blonds mouillées de pluie, ou molles et cotonneuses de brume, selon le temps. Si ce que je vivais - cet indicible incarné par Lilly - m'avait été conté, ou si je l'avais vu au cinéma, j'aurais allumé un cigare, j'aurais regardé les volutes de fumée disparaître par la fenêtre, et j'aurais dit : « Ces choses-là n'arrivent que dans la fiction. Pas dans la vie. »

Ma vie, je l'avais façonnée avec soin. Elle était confortable, aimable, productive, jusqu'à ce que s'y fût glissé quelque chose - quelqu'un - de ténébreux. Cet élément étranger avait pourtant dû y trouver sa place puisque cela s'était produit, et que cela se reproduisait. Un après-midi, j'ai demandé à Lilly si elle voulait m'accompagner à une réception donnée par les Marshall. Elle ne m'a pas répondu. J'ai insisté. Elle a dit non.

Qu'y avait-il entre nous ? Et si je l'ignorais, comment le lui demander ? Je me creusais la cervelle pour trouver un préambule ; je songeais même à l'asseoir de force devant moi pour lui soutirer une explication. Au lieu de quoi, tout a continué comme avant, au rythme capricieux de ses visites renouvelées. Les mois qui s'effilochaient entre nous rendaient la quête du fameux préambule inappropriée, voire ridicule. Si elle restait toute la nuit, ce qui était rare, je retrouvais au retour mes livres en désordre ; une fois, j'ai même retrouvé une de mes potiches françaises couchée sur le flanc. J'y avais mis des fleurs, et des pétales jonchaient la tache sombre formée par l'eau qui s'était infiltrée sous le tapis.

Je n'étais jamais allé chez Lilly. Je ne savais pas comment elle vivait, quels tableaux elle avait accrochés aux murs, ce qu'elle lisait, etc. Rien de chaleureux, ou simplement de reconnaissable ne nous liait. Je vivais dans l'anxiété, croyant qu'elle me poursuivait alors que je me poursuivais moi-même, comme j'ai fini par le comprendre. J'ai remis de l'ordre dans mes livres, épongé le tapis mouillé et redressé la potiche. Il y avait des jours où, en rentrant d'une séance de travail avec Alden ou d'un dîner avec lui et Hattie, je m'attendais à trouver mon appartement saccagé, mes vases renversés, mes sous-verre fendus, mes photos arrachées des murs, mes livres jetés à terre où ils gisaient, le dos brisé. « Je ne peux pas dormir, pourtant je fais des cauchemars », dit Boris Godounov. Moi, voici le cauchemar récurrent qui me réveillait : je rentrais chez moi pour contempler ce tableau de dévastation ; dans un coin, assise sur mon fauteuil et tirant sur sa cigarette, il y avait Lilly. Lilly la vandale qui ne voulait rien dire, rien expliquer. Enjambant les livres martyrisés, elle venait s'asseoir sur le lit et moi, pauvre bécasseau muet, obtus, je l'y suivais, incapable de rompre notre silence pour lui demander des comptes.

Mais cette apocalypse n'a pas eu lieu. Cette fille avait probablement renversé le vase avec son imperméable en jetant ce dernier sur son épaule. Quant aux livres, elle les avait sans doute replacés n'importe comment sur les étagères par pure vacuité mentale, par insensibilité, par aveuglement imbécile. Pourtant, matin, midi, minuit, aube naissante et à tous moments, chaque fois qu'on sonnait, j'ouvrais : c'était Lilly, et elle obtenait, du moins je le présume, exactement ce qu'elle venait chercher.

Ce que j'ignorais, à l'époque, c'est que, la première fois, ce n'était pas moi qu'elle était venu voir, mais Anouar. Les rares nuits où elle n'avait pas sonné à la porte, c'était elle que j'entendais trottiner derrière lui dans le couloir. L'après-midi où je la trouvai étendue sur mon lit, elle s'était le matin même réveillée dans celui d'Anouar. Quand il était parti donner son cours, elle avait opéré un simple transfert d'elle-même ; elle n'avait donc pas menti en me disant que mon colocataire lui avait ouvert la porte.

Quand cela m'a été révélé, je me suis demandé si je ne m'étais pas tu simplement parce que j'aurais détesté savoir. Quand j'ai enfin pu poser la question qui me hantait, nous n'étions pas dans mon bureau mais dans celui d'Alden. Hattie et lui étaient partis passer une semaine dans le Maine. Naturellement, ils m'avaient laissé leur clé, et mon vieil ami m'avait demandé de m'occuper de son courrier et d'arroser les plantes. Lilly, à l'évidence, avait aussi une clé. En entrant, j'ai entendu le cliquètement de la machine à écrire et j'ai cru que les Marshall avaient retardé leur départ. Mais c'était Lilly, aussi blanche que la feuille qu'elle tapait, aussi fade que le pain blanc. Je me suis alors demandé si elle ne s'était pas entraînée à ne pas lever les yeux quand quelqu'un entrait.

- J'aurais pu être un cambrioleur. Tu n'as même pas levé les yeux.

- Qu'est-ce que ça aurait changé pour le cambrioleur ? m'a-t-elle lancé tout en continuant à taper.

Je l'observais en me disant qu'elle était soit totalement candide, soit totalement folle ; ou qu'elle avait poussé l'art du faux-fuyant jusqu'à la complète invalidation d'elle-même. C'était par cette chose innommable que je m'étais laissé approcher.

J'ai fait tournoyer son fauteuil pivotant. Les yeux fixés sur ma bouche, elle avait l'air d'une sourde-muette qui apprend à lire sur les lèvres.

- Écoute-moi, Lilly. Je ne sais pas ce que tu veux, mais je tiens à le savoir. Ça suffit de jouer les spectres et d'apparaître quand ça te chante. Tu ne m'aimes pas, tu ne sais rien de moi et je ne sais rien de toi. Veux-tu, s'il te plaît, me dire ce que tu avais en tête ?

- Si tu ne veux plus que je vienne, dis-le.

- Je veux savoir pourquoi tu es venue la première fois.

- Je cherchais Anouar. Et il n'était pas là.

- Anouar ?

- Ton copain. J'ignorais qu'il était ton colocataire. Il m'avait dit qu'il habitait avec un certain « Filipo ».

Elle m'a alors dit qu'elle passait ses nuits avec Anouar tandis que je dormais de l'autre côté du couloir, et que l'après-midi où je l'avais trouvée dans ma chambre, elle était passée d'un lit à l'autre.

- Anouar le sait ?

- Il ne me l'a jamais demandé. Comment pourrait-il le savoir ? Tu peux le lui dire, si tu veux.

- Ça ne te gêne pas ?

- Pas vraiment.

Je n'ai plus eu d'autre contact avec Lilly. Elle a cessé de travailler pour Alden. Je repense à cette histoire comme à un de ces sinistres contes de fées dans lequel il suffit de prononcer le mot magique pour faire disparaître les riches et les puissants - sauf que là, il n'y avait ni riches ni puissants. Après cette conversation, ses visites ont cessé.

Le contingent toujours renouvelé des femmes d'Anouar continue à défiler chez nous. Alden et moi travaillons sur son livre et je respecte à la lettre mon emploi du temps. Tous les jeudis, je dîne avec les Marshall. Jane Pinkham, l'Américaine de Paris, m'a écrit qu'elle rentre à New York ; je dois aller la chercher à l'aéroport.

Parfois, un météore de terreur, assez semblable à une étoile filante, me frôle d'assez près pour roussir mon veston. Je me demande alors : que voulait Lilly ? Était-elle simplement muette ? Mais je l'étais aussi. M'envoyait-elle des signaux que je n'ai pas compris ? Alors, j'avais été cruel avec elle. Traversait-elle une crise financière épouvantable que je n'avais pas su déceler ? Donc j'avais été minable en ne l'aidant pas.

Cela dit, le fait de renverser ma potiche et de tournebouler mes livres n'était que le premier pas sur la voie du carnage et du chaos ; et les cauchemars qui me réveillaient étaient la conclusion logique de la noirceur de ses intentions.

Elle doit travailler dans le quartier car je la croise parfois dans la rue. Nous nous saluons cérémonieusement d'un léger signe de tête.

*Cette nouvelle a paru, dans* Antaeus, *sous le titre original « Dangerous French Mistress »*

## Table des matières

Déjà parus dans la collection **Littératures**

FRANCE

*Honoré de Balzac*
Albert Savarus

*Julien Blanc*
Confusion des peines

*Mme de Genlis*
Mademoiselle de Clermont,
suivi de *Madame de Duras*
Édouard

*Jacqueline Gouirand-Rousselon*
Frieda von Richthofen, muse de D.H. Lawrence

*Joël Guenoun*
Les mots ont des visages (Tome II)
Les mots ont des visages (édition intégrale)

*Jean-Louis Maunoury*
Cènes de famille

*Didier Nordon*
La Droite amoureuse du cercle

*Yves Ouahnon*
Le Calendrier de Cordoue

*Pierre Pachet*
Autobiographie de mon père

*Michel Picard*
Freud à Nancy

*Jules Renard*
Les Cloportes

*Marquis de Sade*
La Marquise de Gange

*Saint-Simon*
Une fin de règne

*Dantec, Picouly, Pouy, Raynal, Quadruppani, Battisti et Villard*
Paris, rive noire

*Daeninckx, Oppel, Prudon, Reboux, Pouy*
Paris, rive glauque

*Gérard Vindt*
Le Planisphère d'Alberto Cantino

ALLEMAGNE

*Albrecht Goes*
Un enfant d'Ukraine

*Reinhard Kaiser*
Il était deux enfants de roi...

*Erika et Klaus Mann*
Fuir pour vivre

*Oscar Panizza*
Le Concile d'amour

*Anna Seghers*
Les morts restent jeunes (tome I)
Les morts restent jeunes (tome II)
Transit
Ce bleu, exactement
La Fin

*Ernst Wiechert*
La Mort de Michaël

ARGENTINE

*Humberto Costantini*
Petits hommes perdus

*Rodrigo Fresán*
L'Homme du bord extérieur

*Eduardo Mallea*
Chaves
Dialogues des silences
Cendres

BRÉSIL

*Caio Fernando Abreu*
Qu'est devenue Dulce Veiga ?

CANADA

*Margaret Atwood*
Lady Oracle

CUBA

*Granados, Mejides, Ponte, Valdés et Victoria*
L'Ombre de la Havane

ÉGYPTE
*Baha Taher*
Tante Safeya et le monastère

ESPAGNE
*Antonio Pereira*
Don Eloy, laissez sortir Dorita ou bien...

ÉTATS-UNIS
*James M. Cain*
Coups de tête
*Laurie Colwin*
Drôles d'oiseaux
Frank et Billy
*Stephen Crane*
Un mystérieux héroïsme
*Theodore Dreiser*
L'homme qui s'est fait tout seul
*Washington Irving*
Contes d'un voyageur
*Leslie A. Marchand*
Byron, portrait d'un homme libre
*Kressmann Taylor*
Inconnu à cette adresse

GRANDE-BRETAGNE
*John Batchelor*
Conrad, une biographie critique
*Arnold Bennett*
Anna, malgré tout
*Morton N. Cohen*
Lewis Caroll, une vie, une légende
*Joseph Conrad*
L'Agent secret
Amy Foster
Au bout du rouleau
Au cœur des ténèbres *suivi de* Un avant-poste du progrès
Le Compagnon secret
Falk
Freya des sept-îles
Jeunesse
Karain
La Ligne d'ombre
Lord Jim
Nostromo
Le Nègre du "Narcisse"
Un paria des îles
Un sourire de la fortune
Sous les yeux de l'Occident
Typhon
Victoire
*Daniel Defoe*
Lady Roxana
*Helen Dunmore*
Dans l'ombre de Zennor
Un hiver enchanté
*Jane Gardam*
L'Héritière de Robinson
*Julian Gloag*
Chambre d'ombre
*Robert Graves*
Adieu à tout cela
*Patrick Hamilton*
Couvre-feux
*Angela Lambert*
Un mariage très anglais
L'Amour en classe célibataire
*Philip Larkin*
Jill
*Edward Lear*
Femmes a-sensées
*James Meek*
Thé à l'eau de mer
*Charles Morgan*
Des êtres sous influence
Le Passage
*Mary Morrissy*
La Côte d'Ève
*Kate Pullinger*
Morsures
*Joanna Trollope*
Jeux d'orgues
*Rebecca West*
La Famille Aubrey
*Israël Zangwill*
Comédies du ghetto
Le Roi des Schnorrers

GRÈCE
*Plutarque*
Caton, Cicéron, Antoine, destins de crise
La Vie d'Alexandre
Pompée, Crassus, César ou l'Agonie de la République
*Pandelis Prevelakis*
Le soleil de la mort

INDE
*Khushwant Singh*
Train pour le Pakistan

ITALIE
*Giovanni Arpino*
L'ombre des collines
*Grazia Deledda*
Braises
Elias Portolu
Le Lierre sur l'arbre mort
*Mario Soldati*
Lettres de Capri
*Stefano Terra*
Perdu pour les hommes

JAPON

*Shôhei Ôoka*

Les Feux

PAYS-BAS

*Anton Coolen*

La Faute de Jeanne Le Coq

POLOGNE

*Hanna Krall*

Preuves d'existence

*Alina Margolis-Edelman*

Je ne le répéterai pas...

RUSSIE

*Leonid Andreev*

Les Sept Pendus

*Valeri Brioussov*

Mozart, poste restante

Rhéa Silvia

*Fiodor Dostoïevski*

Nétotchka Nezvanova

*Vassili Grossman*

Années de guerre

*Nicolas Leskov*

Mania, l'insulaire

*Michel Ossorguine*

Les Jeux du destin

*Boris Pilniak*

L'Année nue

*Léon Tolstoï*

Une paysanne russe

*Veqet*

Peaux de phoque

*Boris Zaïtsev*

Anna

SUISSE

*Annemarie Schwarzenbach*

Orient exils

Achevé d'imprimer en juillet 1999 sur les presses de l'imprimerie Corlet
à Condé-sur-Noireau (Calvados) pour le compte des Éditions Autrement,
17, rue du Louvre, 75001 Paris. Tél. : 01 40 26 06 06. Fax : 01 40 26 00 26.
N° d'imprimeur : 39339. ISSN : 1248-4873. ISBN : 2-86260-946-3.
Dépôt légal : septembre 1999.